प्रताप
की
संघर्ष-गाथा

पुलिस वर्दी में पिताजी
पुलिस ट्रेनिंग कॉलेज, मुरादाबाद (1948)

प्रताप की संघर्ष-गाथा

एक अधूरा संग्राम

रमेश मिश्र

प्रभात प्रकाशन, दिल्ली
ISO 9001:2015 प्रकाशक

प्रकाशक • **प्रभात प्रकाशन**
4/19 आसफ अली रोड,
नई दिल्ली–110002

संस्करण • प्रथम, 2019
मूल्य • तीन सौ रुपए
मुद्रक • आर–टेक ऑफसेट प्रिंटर्स, दिल्ली

PRATAP KI SANGHARSH-GATHA *by* Ramesh Misra ₹ 300.00
Published by Prabhat Prakashan, 4/19 Asaf Ali Road, New Delhi-2
e-mail: prabhatbooks@gmail.com ISBN 978-93-5266-998-1

दो शब्द

जब पिताजी को हमने खोया, तब मैं यूइंग क्रिश्चियन कॉलेज में प्रवक्ता था। कुछ दिनों के लिए बहन-भाई आ गए थे, तो मन थोड़ा हलका हो गया, पर उनके जाने के बाद घर वीरान-सा हो गया। दिन में तो व्यस्त रहता था, पर प्रातः और सायंकाल घर सूना-सा लगता था। सायंकाल घर से निकलकर इष्ट मित्रों के साथ बैठकर समय बिताने का प्रयास किया, परंतु किसी के पास कितनी देर तक बैठता। रात्रि में घर लौटना पड़ता और पिताजी को याद करते-करते कब सो जाता था, पता नहीं चलता था। आई.ए.एस. में प्रथम बार बैठने की तैयारी भी बाधित हो गई थी। एक दिन घर छोड़ने का मन बना लिया। यह भी नहीं सोचा कि माँ व दादी अकेली रह जाएँगी। ईश्वर की कृपा से बड़े भाई का स्थानांतरण इलाहाबाद हो गया। पुलिस उपाधीक्षक की ट्रेनिंग के लिए मैं मुरादाबाद चला आया। दिन भर कठोर शारीरिक श्रम से प्रारंभ में तो रात्रि में नींद नहीं आती थी, परंतु धीरे-धीरे सबकुछ सामान्य हो गया। पुलिस ट्रेनिंग कॉलेज मुरादाबाद के परेड ग्राउंड में ड्रिल करते-करते मुझे पिताजी की याद आ जाती थी। ट्रेनिंग पर जाते समय मैंने नई वर्दी भी नहीं ली। पिताजी की सूती वर्दियों की नई फिटिंग कराकर ले गया और उन्हीं को पहनता था, जिससे मुझे पिताजी के स्पर्श का सदैव आभास होता था। साथी प्रारंभ

में इस वर्दी पर हँसते थे, परंतु जब उन्हें पता चला तो वे मुझे सम्मान देने लगे। मेरा चयन पुलिस के लिए हुआ तो पिताजी बहुत प्रसन्न नहीं थे। बोले, "पुलिस में नहीं रहना है, सिविल सर्विस की तैयारी करो, आई.ए.एस. बनो।" अतः सिविल सेवा की परीक्षा में पुनः बैठा और चयनित हो गया। पुलिस की लगभग पूरी ट्रेनिंग करने के बाद इसे छोड़कर डिप्टी कलेक्टर के रूप में मैनपुरी में पदभार ग्रहण कर लिया। नौकरी में आने पर हुए अनुभव से मुझे आभास हुआ कि समाज में, नौकरशाही में परिवर्तन की आवश्यकता है। मैनपुरी से वाराणसी व गोरखपुर तक लगभग पाँच वर्षों के मेरे खट्टे-मीठे अनुभव ने मुझसे कहा कि पिताजी के विषय में मैं कुछ लिखूँ, क्योंकि समाज को इस बात से परिचित कराना आवश्यक है कि देश को आजादी कितनी कुरबानियों के बाद प्राप्त हुई है। गोरखपुर में एस.डी.एम. की तैनाती के समय दिल्ली दूरदर्शन ने सीरियल के लिए स्क्रिप्ट व कहानी माँगी। मैंने भी दिन-रात समय निकालकर पिताजी की संघर्ष-गाथा लिख डाली। टाइप कराकर, बैंक ड्राफ्ट बनाकर दिल्ली दूरदर्शन में जमा कराया, परंतु कई माह तक कोई उत्तर नहीं आया। मैंने एक व्यक्ति को दूरदर्शन केंद्र, नई दिल्ली भेजा। उसने लौटकर जो कुछ बताया उसे सुनकर मैं हताश हो गया। मन खिन्न हो गया। एक तो इतना पैसा नहीं, दूसरा पिताजी की संघर्ष-गाथा अब लोग नहीं जान पाएँगे, इसका दुःख। सोचा पुस्तक प्रकाशित करूँ, पर मैंने इसे फिल्म की स्क्रिप्ट के रूप में लिखा था। उसको पुस्तक के रूप में लिखने का समय नहीं था। नौकरी में व्यस्तता के कारण नहीं लिख सका।

वर्ष 1987 से वर्ष 2017 तक इस स्क्रिप्ट को अपने साथ लेकर नौकरी करता रहा। पृष्ठ पुराने होकर गलने लगे तो उन्हें पुनः टाइप कराया। फिल्म या सीरियल के युग में इस पर सीरियल या फिल्म हेतु प्रयास किया, परंतु प्रत्येक प्रयास पर धनराशि की अनुपलब्धता बाधक

बनी। सेवानिवृत्ति जुलाई, 2018 में होनी थी। आयु भी पर्याप्त हो चुकी थी, चिंता हुई कि पता नहीं यह गाथा मात्र कागज के पन्नों में मेरे साथ ही न लुप्त हो जाए। अत: प्रयास करके इसे पुस्तक का रूप देना चाहा और आज यह आपके सामने प्रस्तुत है। चूँकि मैंने नितांत भावुक होकर 1987 में इसे लिखा था, अत: उस भाव में लिखी पंक्तियों को मैं समाप्त करने का साहस नहीं जुटा पाया। फलस्वरूप कहीं-कहीं यह गाथा फिल्म की स्क्रिप्ट-सी है, जिसके लिए मैं क्षमाप्रार्थी हूँ।

प्रताप की संघर्ष-गाथा

शौर्य का अतीत था,
आग में तपकर बना।
घात से निज जन की वो,
अब शक्तिपुंज आहत हुआ।।

थी बनी जो आस उसकी,
काल-कोठरी में कभी।
दब गई एक क्षण में ऐसे,
आज धरती थी हिली।।

ढूँढ़ता निजबल को अपने,
वीर रक्त-रंजित हुआ।
थे पाँव भी कँपकँपा रहे,
चलना भी अब मुश्किल हुआ।।

उस युद्ध में लड़ना सरल था,
कितना भी चाहे हो धुआँ।
निज कुल में शत्रु थे खड़े,
कठिन उनसे लड़ना हुआ।।

षड्यंत्रों से हर पल आहत,
फिर भी उनसे जूझ रहा था।
भस्म करेगी ज्वाला उसको,
फिर भी उसमें कूद रहा था।।

जिनके लिए परिवार त्यागा,
धरती को भारत माँ कहा।
अपने ही घर में छल हुआ,
चक्रव्यूह ऐसा बना।।

था वीर योद्धा लड़ना उसे था,
जो सत्य-मार्ग उसने चुना।
लड़ता रहा जीवन में ऐसे,
बन प्रताप उज्ज्वल हुआ।।

पाथेय

आज का दिन मेरे जीवन का एक अत्यंत महत्त्वपूर्ण दिन है। जिसने मुझे लिखना, पढ़ना व समझना सिखाया, उसी के जीवन के विषय में मैं लिखने जा रहा हूँ। लगभग 36 वर्ष पूर्व जो मुझे छोड़कर हमेशा के लिए चले गए, आज उनके विषय में लिखने के पीछे मेरे मन का वह द्वंद्व है, जो पिछले 40 वर्ष से मैं अपने हृदय में रखे महान् कष्ट का अनुभव करता आया हूँ। शायद अब उस कष्ट को सहने की मेरी क्षमता क्षीण होती जा रही है और उसी व्यथित मन के कहने पर मैं लिखने बैठ गया हूँ। शायद यह पिताजी के प्रति मेरी श्रद्धांजलि होगी। ऐसा व्यक्ति, जिसने एक सच्चे मानव का कर्तव्य जीवन भर निभाया—कहीं इतिहास के पन्नो में लुप्त न हो जाए इसी धारणा तथा देश और समाज के प्रति अपने कर्तव्यबोध के कारण में ऐसे व्यक्ति के बारे में कुछ लिखने की चेष्टा कर रहा हूँ जिसे जानने और समझने के लिए इए देश को बहुत आवश्यकता है।

वो मेरे पिता हैं। सभी के पिता आदरणीय व प्रिय होते हैं, मेरे भी हैं, परंतु शायद ही किसी ने अपने पिता को लगभग 50 वर्ष तक इतने पास से देखा होगा, जितना मैंने देखा है। इस लोक में लगभग 25 वर्ष उनके साथ रहकर और लगभग उससे ज्यादा उनके इस लोक से चले जाने के बाद

उनके बारे में प्रतिदिन ध्यान कर के उनके हर कृत्य को, हर वाक्य को और उस माहौल को याद करके, जिसमें वे रहते, बोलते व कुछ करते थे, मैंने हमेशा अपनी स्मृति में रखा है। उसी के बारे में सोचकर मैंने पिताजी को बहुत पास से अनुभव किया है। भावनाओं में बह जाने के कारण यदि कोई त्रुटि हो, तो पाठकवृंद से अभी से क्षमा-याचना करता हूँ।

बचपन में मैं वे काम करता था, जिससे पिताजी प्रसन्न होते थे—चाहे पौष्टिक चीजें खाना, सुंदर लेख लिखना, प्रकृति का या महान् व्यक्तियों के सुंदर चित्र बनाना, सोच-सोचकर कहानी लिखना आदि, पर मैं कई वर्षों बाद शायद समझ पाया कि इस सबने मेरे मस्तिष्क पर कितना असर किया? मेरी विचारधारा को बनाने में कितना योगदान किया? जब कुछ बड़ा हुआ और कुछ-कुछ समझने लगा, तो पाया कि पिताजी के ऊपर बड़ी जिम्मेदारियाँ हैं और इसीलिए वे मितव्ययी हैं, क्योंकि बचपन से वे हमेशा हमें सादा जीवन, उच्च विचार रखने की सीख देते थे। मैं उस वक्त सातवीं कक्षा में था, जब मैंने पहली बार किसी सैलून में बाल कटवाए और बाजार के दर्जी ने मेरी फुल पैंट सिली। 2 अक्टूबर पर गांधी आश्रम में होनेवाली छूट के समय घर के चादरें रजाइयों के साथ खादी के थान घर में आते थे, बाजार से खाकी व सफेद जीन के थान आते थे। उसी में हम सभी के पैंट-शर्ट तथा पिताजी के भी कपड़े बनते थे और कपड़े बनानेवाला होता था, पुलिस लाइन का दर्जी, जो हमारे घर पर ही आता था। दिन भर रहता था, भोजन करता था और थोड़ा-बहुत इनाम ही उसके लिए पर्याप्त था। सातवीं कक्षा में मैंने क्लास में सर्वाधिक अंक प्राप्त किए, इसलिए मुझसे पूछा गया कि मुझे क्या चाहिए? मैंने झट उत्तर दिया—फुल पैंट, बाजार से सिलवाकर, क्योंकि अब तक हम लोग हाफ पैंट पहनते थे, वह भी बहुत ढीली, ताकि हमें आराम मिले। इस इनाम से मुझे एक ओर अधिक परिश्रम कर पढ़ने की प्रेरणा मिली, वहीं अच्छे

कपड़े पहने व समझने की इच्छा भी जाग्रत् हुई। चूँकि मैं प्रारंभ से स्कूल में गीत गाता, नाटक मंचन करता, कविता पाठ करता था, अतः हमेशा स्कूल व बाहर सबका प्रेम पाता था—घर में सबसे छोटा होने के कारण मैं सबका दुलारा था। अतः बहनों ने मेरी सँवरने व अच्छे कपड़े पहनने की मेरी इच्छा को घर में ही अच्छे कुर्ते-शर्ट सिलकर उसमें पेंटिंग कर पूरी की। पिताजी मेरे सजने पर प्रसन्न तो होते थे, पर यह भी कहते थे कि आदमी जितना सुंदर बाहर से दिखे, उतना सुंदर उसका काम भी हो। उस समय मैं यही समझता था कि पिताजी का अच्छे काम से आशय पढ़ाई से है, पर धीरे-धीरे उनके वाक्य के महत्त्व को मैं समझने लगा दूसरों की मदद, सकारात्मक सोच और ईमानदारी व कर्तव्य के प्रति लगनशीलता और लोगों का सम्मान मेरी आदत में आ गया। बारहवीं कक्षा पास करने के बाद पिताजी ने मुझे इलाहाबाद विश्वविद्यालय में पढ़ाई के लिए भेज दिया। मुझे याद है कि मैं उन की परेशानियों को दसवीं कक्षा में आने के बाद समझने लगा था और रह-रहकर उन्हें लेकर चिंतित भी होता था। मेरी पढ़ाई में यह विघ्न का कारण भी होता था, जिसे संभवतः पिताजी ने समझा और मुझे अपने से दूर इसीलिए भेज दिया कि मैं एकाग्रचित्त होकर पढ़ाई कर सकूँ, पर छात्रावास में जाकर रहते हुए पिताजी के स्वास्थ्य, विपरीत परिस्थितियों में उनके नौकरी करने के अनुभव को मैं हमेशा याद करता और चिंतित रहता था। जब पिताजी लखनऊ आ गए तो मैं लगभग प्रति सप्ताह शनिवार को इलाहाबाद से लखनऊ आ जाता और उनके साथ रहता था, क्योंकि उनसे दूर जाकर मैं अकेला-सा हो गया था। जब पिताजी अवकाश प्राप्त कर इलाहाबाद आए और मैं भी छात्रावास छोड़कर पिताजी के साथ रहने लगा, तब पिताजी काफी कमजोर हो चुके थे। मैं, पिताजी और माँ व दादी—हम चार लोग रहते थे। माँ व दादी से गंभीर विषयों पर पिताजी बात नहीं करते थे, पर मुझसे हमेशा अपने अतीत

के बारे में बताकर मुझे उससे सीख लेने और भविष्य में कुछ करने के लिए प्रेरित करते थे। लगभग प्रतिदिन किसी-न-किसी विषय पर चर्चा होने पर वे अपने अतीत की तत्संबंधी घटनाओं को बताते थे, जो मेरे मस्तिष्क में एक तसवीर के रूप में खिंचती गईं और लगभग 3-4 वर्ष में पिताजी से सुनी बातें व उनके अनुभव, जो उन्होंने 1942 में जेल जाने से लेकर अवकाश प्राप्त होने तक मुझे बताए, को याद कर मैंने पिताजी का जीवन-वृत्त तैयार किया है और उसी को प्रस्तुत करने की चेष्टा कर रहा हूँ।

पिताजी का जन्म इलाहाबाद की मेजा तहसील के गाँव डोहरिया के एक छोटे से मजरा-हरबोंगवा में सन् 1920 में हुआ था। बाबा कर्मकांडी ब्राह्मण थे—क्षेत्र के 84 ग्रामों में पूजनीय थे। इस क्षेत्र के गाँवों में सभी शुभ कार्यों में सम्मिलित होना उनकी दिनचर्या थी, क्योंकि उनके आशीर्वाद से ही ये शुभकार्य फलदायक होते थे। उनका नाम तो दुर्बली था पर वे फरंगइया महाराज के नाम से जाने जाते थे। उनके नाम पर विवाह, उपनयन या अन्य सामाजिक कार्यक्रमों में दक्षिणा रख दी जाती थी, जिसे दुर्बली प्राप्त कर बहुत प्रसन्न होते थे और चौरासी में (चौरासी गाँवों को कहा जाता था) लोगों का उनके प्रति इस सम्मान को बनाए रखने और लोगों का भला हो, इस भावना से वे हर निमंत्रण में जाते थे। फरगइंया नाम क्यों पड़ा, क्योंकि वे फरगइंया मिश्र थे। पिताजी बताते थे कि उनके पूर्वज देवरिया से कुंभ मेले में आए थे, वहाँ चौरासी ग्राम के लोग गए थे। कर्मकांडी ब्राह्मण परिवार को अनुनय-विनय कर चौरासी आने का निमंत्रण दे दिया। कुंभ की समाप्ति पर हरबोंगवां के लोगों के साथ उन्हीं के गाँव आए और गाँववालों ने उनसे गाँव में ही रहने का अनुरोध किया, क्योंकि पूजा-अनुष्ठान के लिए गाँव में कोई ब्राह्मण नहीं था और इस प्रकार उनके पूर्वज इस गाँव में बस गए। 'फरगइंया' नाम की व्याख्या करते हुए पिताजी बताते थे कि

कुंभ मेले से ये लोग सबसे पहले गाँव खुदीपुर में गए, जो गंगा के तट पर बसा था, पर गंगा के बहाव से यह गाँव दो भागों में बँट गया था। गंगा के एक ओर खुदीपुर में अधिक घर बचे, पर दूसरी ओर एक ही परिवार का घर था। अतः गाँव का दो हिस्सों में हो जाना ही दूसरा नाम का कारण बना। फड़ गाँव और इस गाँव में रहनेवाले लोगों को फड़गंवा कहा गया, जो आगे चलकर 'फरगइंया' कहे गए। इसी एक परिवार ने हरबोंगवां में अपना स्थान बनाया। फरगइंया महाराज ब्राह्मण थे, अतः खेती करना वर्जित था। दान में मिली सारी भूमि चरागाह बन गई थी। खेती शायद उनकी आवश्यकता भी नहीं थी, क्योंकि दान और सम्मान से उनकी सारी आवश्यकताएँ पूरी हो जाती थीं। कहावत थी कि फरगइंया महाराज के मस्तक पर साल भर में इतने टीके लगते थे कि यदि उन्हें एकत्र किया जाता तो 2–3 बोरे चावल जमा हो जाते, पर पिताजी की माता सीता को यह पसन्द नहीं था। उनका मायका हरबोंगवा के बगल के गाँव शुक्लपुर में था। भाई रमाशंकर शुक्ल को पढ़ाया गया और वे अध्यापन का कार्य करते थे। सीता को भी प्रारंभिक शिक्षा प्राप्त करने का अवसर प्राप्त हुआ और भाइयों के साथ उन्होंने भारत के महान् सपूतों के बारे में सुना था। महाराणा प्रताप उनके आदर्श थे। कष्ट सहकर भी उन्होंने मुगलों के सामने घुटने नहीं टेके, देश के लिए। अपने बड़े पुत्र को माँ सीता ने बचपन से राणा प्रताप के बारे में बताया और देश-प्रेम की भावना से ओत-प्रोत किया। पुत्र का नाम भी राम प्रताप रखा, जबकि फरगइंया महाराज इस नाम को नहीं रखना चाहते थे, क्योंकि यह नाम क्षत्रिय का था, जो शौर्य का प्रतीक था। ब्राहमण पुत्र के जीवन में शौर्य का क्या स्थान, पर सीता की दृढ़ता के समक्ष फरगइंया महाराज की कहाँ चलती और पिताजी का नाम पड़ा—राम प्रताप, परंतु देश की आजादी की लहर से जुड़ने पर गाँव व देश प्रेमी युवकों में उन्हें 'प्रताप' के नाम से जाना जाता था।

पिताजी घर में सबसे बड़े थे और दो भाई व दो बहन—सभी पिताजी से छोटे थे। फरगइंया महाराज को जजमानी से फुरसत नहीं थी। कभी-कभी अस्वस्थ होने या न चाहकर भी उन्हें जजमानी में जाना पड़ता था, क्योंकि शुभ अवसर पर उनका आशीर्वाद चाहिए था। प्रातःकाल से ही न्योता देनेवालों का घर पर आना-जाना प्रारंभ हो जाता था। डोहरिया ग्राम का यह मजरा हरबोंगवा नाम से विख्यात था। अतः 'डोहरिया' से अधिक 'हरबोंगवा' नाम को लोग जानते थे। इसी हरबोंगवा गाँव से सटा गाँव था—निवाजी का पुरा और उससे सटा अठखरिया और चिलबिला। चिलबिला में ही सिने अदाकारा स्वर्गीय नर्गिस जी का जन्म हुआ था। पिताजी उनको भी जानते थे। बताते थे कि किस कठिनाई से उनकी माँ चिलबिला में रहीं और फिर उनको बंबई जाना पड़ा। चौरासी गाँव में हर जाति-धर्म के लोग रहते थे और सभी में आपस में प्रेम व सौहार्द रहता था। हर गाँव में 2-3 कुएँ होते थे, जिन्हें कहते थे, इनारा। उसी में से सभी लोग जल भरते थे। गाँव की महिलाएँ प्रातः और सायं इन्हीं कुओं पर एकत्र होती थीं और कुएँ से जल निकालने में लुजरी (रस्सी), जिसमें गगरा (लोहे या पीतल का घड़ा) बँधा होता था, को पकड़कर मिलकर पानी निकालती थीं, गीत भी गाती थीं। हर मौसम का एक गीत होता था। प्रेम व मिलकर बात करने का महिलाओं का यह प्रिय स्थान होता था।

अपनी माँ की उन बातों को याद करता हूँ, जो उन्होंने हमें कभी-कभी बताई थीं। कैसे पिताजी के जेल जाने पर उनकी क्या दशा हुई, उन्होंने कभी नहीं बताया। शायद हम इसे सुनकर दुःखी होंगे, इसलिए परंतु इनारा को वे कभी नहीं भूलीं। इतना बताती थीं कि हम जब इनारा पर जाई पानी लेई तो गाँव का बिटिहनी हमें पानी न भरई देई, खुद भरकर हमरे गगरा और मेटा के भर देईं। सब हमार दुःख जानत रहीन। घर में बूढ़ा (सीता माँ) के डर से न रोई, पर इनारा पर जाइकर बइठ कर दुनऊं बेर

खूब रोवत रहे। ओसे जिउ हलक होई जात रहा।

(मैं जब कुएँ पर पानी लेने जाती तो गाँव की लड़कियाँ, जो पानी लेने आती थीं, खुद हमारे सारे मटके भर देती थीं, हमें नहीं भरने देती, क्योंकि वे सभी हमारा कष्ट जानती थीं। मैं घर पर सीता माँ के डर कारण नहीं रोती थी, पर कुएँ पर बैठकर खूब रोती थी, इससे मन हल्का हो जाता था।)

अम्मा की इन बातों को मैं आज अपने में आत्मासात् करता हूँ, तो मुझे इससे कई तथ्यों की जानकारी होती है—दादी सीता दृढ़ चरित्र की थीं। उन्होंने पिताजी को वीर पुरुष बनाया और देश के लिए आहुति देना सिखाया, तो वे क्यों पश्चात्ताप करें और प्रताप की पत्नी भी क्यों दुःखी हो, क्योंकि प्रताप का जेल जाना या फाँसी पर झूलना परिवार का गौरव था। दूसरा तथ्य यह समझ में आया कि गाँव का कुआँ आपसी सौहार्द का स्थल था। तीसरी बात यह कि गाँव की कन्याओं का कोमल हृदय और एक-दूसरे के दुःख को मिल बाँटने की प्रवृत्ति। मैं सोचता हूँ कि आज यह सब गाँव में नहीं रहा और इसीलिए गाँव में शांति-सुख व चैन समाप्त हो रहा है।

मैं जो कथा लिखने जा रहा हूँ, उसमें पिताजी को प्रताप के नाम से संबोधित कर रहा हूँ, क्योंकि प्रताप के चरित्र व पराक्रम के साथ मैं कोई छेड़-छाड़ नहीं करना चाहता हूँ। वे मेरे पिताजी थे, पर चौरासी में रहनेवाले लोगों और स्वतंत्रता की लड़ाई में शामिल लोगों के लिए प्रताप थे। पिताजी जिस समय बड़े हो रहे थे, उस समय देश में स्वतंत्रता संग्राम अपने चरम उत्कर्ष पर था, पिताजी भी इस संग्राम से जुड़ने लगे थे, इसकी चर्चा करते थे। पुत्र के इस रुझान को रोकने के लिए फरगइंया महाराज ने उनका विवाह बगल के गाँव पकरी सेवार में दूबे परिवार की सुंदर

कन्या कलावती के साथ कर दिया, पर प्रताप तो देश के लिए अपना जीवन पहले ही भारत माँ के चरणों में अर्पित कर चुके थे। वे विवाह जैसी शृंखला में कहाँ बँधते? पत्नी कलावती को भी समझा-समझाकर अपने अभियान में जोड़ने लगे और एक दिन माँ सीता से आशीर्वाद लेकर स्वतंत्रता के आंदोलन की ज्वाला में कूद पड़े।

मैंने पिताजी को प्रताप के रूप में ही लोगों से सुना और कभी-कभी स्वयं भी देखा है, जब वे स्वतंत्रता आंदोलन की अपनी लड़ाई के कुछ किस्से सुनाते-सुनाते भावुक हो जाते थे।

अतः मैं प्रताप को ही इस कथा का नायक बनाकर प्रस्तुत कर रहा हूँ। हाँ, एक बात और। कथा में प्रताप का पुत्र प्रदीप का चित्रण है—प्रदीप मैं ही हूँ। बचपन में पिताजी ने मेरा नाम 'प्रदीप' रखा था। शायद मुझसे बहुत आशा थी कि मैं ज्ञान को प्राप्त करके और अपने प्रकाश से सबको प्रकाश दूँ। बचपन में इसीलिए मुझे महान् लोगों की जीवनी, उनके अच्छे कार्य बताकर मुझे प्रेरित करते थे कि मैं भी ऐसा कार्य करूँ, पर मेरा नाम कैसे रमेश पड़ा, यह एक अत्यंत रोचक किस्सा है। मेरे दोनों बड़े भाइयों का नाम था—राकेश, राजेश। गाँव में फरंगइया महाराज की चलती थी। पिताजी जब जेल से आए तो परिवार को पालने के लिए खेती करना जरूरी समझा। अतः पिता दुर्बली को समझा-बुझाकर कि अब वे वृद्ध हो गए हैं, आँखों से कम दिखता है, कब तक ऐसे घूम-घूमकर दक्षिणा लेंगे? अतः खेती करना जरूरी है। दो-तीन वर्ष लगे, चरागाह की जमीन के एक भाग को खेती करने लायक बनाया। पटवारी को फरंगइया महाराज ने बुलाया तथा खेत पर बच्चों के नाम भी लिखने को कहा। पटवारी ने लिखा—राकेश, राजेश, प्रदीप। राकेश, राजेश तो एक जैसे थे—पटवारी ने समझाया कि प्रदीप नाम कुछ अटपटा लगता है। अतः राकेश, राजेश के साथ रमेश नाम ठीक लगेगा और मेरा नाम तभी से पड़ गया, रमेश। मैं

आगरा में कक्षा-1 में पढ़ता था। मेरा नाम प्रदीप था। स्कूल में इसी नाम से सब बुलाते थे। घर में पप्पू, पर जब पिताजी की प्रोन्नति हुई और वे पुलिस अधीक्षक हुए और शाहजहाँपुर में आए, तो बाबा भी गाँव से शाहजहाँपुर पहुँचे। मिशन स्कूल में नाम लिखाने जाना था—तब बाबा ने पिताजी को बताया कि पप्पू का नाम रमेश रख दिया है और पटवारी की खतौनी में भी यही नाम लिखवा दिया है। पिताजी क्या करते ? प्रदीप-रमेश हो गया।

1982 भारद्वाजपुरम, इलाहाबाद

तीर्थराज प्रयाग और उसकी धरोहर गंगा, यमुना और सरस्वती का संगम तथा उसमें बिखरी हुई सूर्य की किरण आज कुछ अधिक लाल होकर क्षीण हो रही है। उसके किनारे खड़े आम के वृक्षों का समूह, जिनके पीछे अपनी लालिमा छुपाता हुआ सूर्य मानो पृथ्वी से बहुत दूर जाना चाहता है। अपने प्रकाश को दिन भर बिखेरने के बाद रक्तरंजित होकर थका हुआ योद्धा नहीं चाहता है कि उसकी अंतर्दशा को कोई देखे···इसी संगम से लगभग आधा मील दूर महर्षि भारद्वाज का आश्रम, जहाँ कभी राम, सीता और लक्ष्मण ने वन-गमन के पूर्व विश्राम किया था। ऋषि भारद्वाज ने भगवान् राम को सलाह दी थी कि यदि उन्हें 14 वर्षों तक अपने अनुज और पत्नी के साथ वन में रहना है तो वे चित्रकूट की ओर जाएँ; और यहीं से प्रारंभ हुई थी भगवान् राम की वन-गमन यात्रा। भारद्वाज आश्रम की तलहटी में फैला 'भारद्वाजपुरम' शायद राम राज्य के पुनः आगमन की प्रतीक्षा कर रहा है। निम्नवर्गीय परिवारों को समेटे महर्षि भारद्वाज आश्रम और संगम के बीच स्थित धर्मसहिष्णु शासक अकबर द्वारा बाँध बनवाकर संरक्षित यह नगर आज भी अपने अतीत को साथ लेकर चल रहा है।

प्रताप की संघर्ष-गाथा

संगम से आधा किलोमीटर दूर और गंगा नदी के किनारे पर बसा नगर श्रद्धालुओं के समूह और चिड़ियों की प्रातः और सायंकालीन चहचहाहट के साथ अपनी धार्मिकता की चरम सीमा पर रहता है। हाथ में लोटा और कंधे पर एक-दो वस्त्र लिये संगम की ओर जाता हुआ पुरुषों व स्त्रियों का जन समूह तथा इसी प्रकार सायंकाल संगम से हनुमान और अलोपी शंकरी का दर्शन करता श्रद्धालुओं का समूह महाराजा दशरथ के युग को आज भी सजीव बनाए हुए है। कहीं-कहीं आधुनिक पहनावे और भवनों के पैच भले ही इस नगर की प्राचीनता भंग करना चाहतो हों, परंतु यहाँ के निवासियों की आत्मा आज भी धार्मिक भावना से अनुप्राणित है।

ज्योतिर्मठ की शक्तिपीठ और बाघंबरी अखाड़ा से निकलते हुए ब्रह्मचारी छात्रों एवं साधुजनों का समूह आज भी इस नगर के नाम को सार्थक बनाए हुए है। अपने फैलाव में अतीत को समेटे इस नगर में स्थित बाघंबरी अखाड़ा से लगभग 100 कदम पर स्थित राम प्रताप का मकान, जिसे उसने अपनी सरकारी सेवा के अंतिम दिनों में बनवाया था। यह अधबना मकान और इसमें भी आधे में प्लास्टर, कुल मिलाकर राम प्रताप की आर्थिक तंगी को बता रहा था। ये वही प्रताप हैं, जिसकी संघर्ष-गाथा 1942 में प्रारंभ हुई।

सन् 1942 में गांधीजी ने 'अंग्रेजो भारत छोड़ो' का आंदोलन प्रारंभ किया। प्रातःकाल पिताजी ने अपनी माँ सीता से कहा, "माई, मैं भी लड़ाई में जा रहा हूँ।" माँ अपने पुत्र को जानती थीं, शायद उनकी भी यही इच्छा थी कि उनका पुत्र देश को आजाद कराने की लड़ाई में जाए, तभी तो उन्होंने एक कर्मकांडी ब्राह्मण के पुत्र का नाम रखा—राम प्रताप। बचपन से राणा प्रताप की कहानी सुनकर प्रताप भारत के ऊपर आक्रमण करनेवाले विदेशी आक्रांताओं के प्रति घृणा रखने लगा था। रात्रि भर प्रताप का जागना, देशभक्ति की कविताएँ व नारे लिखना आदि देखकर माई

समझ गई थीं कि प्रताप भी आंदोलन में जाएगा, इसलिए उन्होंने भोर में ही रोटियाँ बना लीं और उसमें घी लगाकर एक पोटली में (बाबा की पुरानी धोती में) बाँधकर तैयार कर रखी थीं। प्रताप ने माँ के चरण छूकर कहा, "माई, आशीर्वाद दो!" सीता माँ ने प्रताप को विदा तो कर दिया, परंतु उस दिन से वे राम-राम जपने लगी थीं। जब कभी खाली होतीं—चाहे बैठे या लेटे। हमने उन्हें उनकी मृत्यु दिवस तक राम-राम जपते देखा-सुना था। जब पिताजी का देहावसान हुआ, तब भी दादी राम-राम जप रही थीं। शायद पिताजी के आंदोलन में जाने के दिन से वे पिताजी के संघर्षपूर्ण जीवन को समझ गई थीं और भगवान् राम का नाम लेकर अपने मन को शांति देना चाहती थीं या फिर पुत्र प्रताप को शक्ति देने के लिए भगवान् राम से प्रार्थना करती थीं। पूछने पर भी उन्होंने कभी नहीं बताया, सदैव उनका उत्तर राम-राम ही था।

प्रताप घर से बाहर निकला। उसके हाव-भाव व नारों को सुनकर सैकड़ों नवयुवक उसके साथ हो लिये थे। नेवाजीपुरा, अठखरिया, चिलबिला आदि जिस गाँव से प्रताप का काफिला गुजरता तो सैकड़ों युवक उसके साथ हो लेते। चौरासी के गाँवों से 'इनकलाब जिंदाबाद', 'अंग्रेजों भारत छोड़ो', 'वंदे मातरम्' के नारों के साथ बढ़ता हुआ यह जन सैलाब कहाँ जा रहा है, किसी को नहीं मालूम था। यदि ज्ञात था तो बस राम प्रताप को। यह था प्रताप के पराक्रम का प्रथम सोपान। प्रताप की यात्रा का प्रथम चरण।

आज वही प्रताप अपनी जीवन की यात्रा पूरी कर इलाहाबाद आ गया है। बस अंतर इतना है कि उसने अपने जीवन की यात्रा प्रारंभ की इलाहाबाद के एक गाँव से, पर यात्रा का अंत इलाहाबाद शहर में हो रहा है, क्योंकि उसके गाँव का घर अब उजड़ चुका था।

अवकाश लेने के उपरांत राम प्रताप के इस मकान में आ जाने

से आस-पास के सभी लोग अधिक प्रसन्न रहते थे। उन्हें विश्वास था कि उनके बिगड़ैल बच्चों पर अब अंकुश लगेगा; और फिर एक महान् स्वतंत्रता सेनानी को अपने बीच पाकर सभी को गौरव का अनुभव हुआ था। पर आज सायं पं. राम प्रताप रोज की तरह अपने घर के बरामदे में तख्त पर धोती-बनियान पहने नहीं बैठे हैं और न ही उनकी चाय की केतली कहीं दिख रही है, जो पंडितजी की सायंकालीन दिनचर्या का एक अंग था। इसी कारण आस-पास के बच्चे उदास थे और उनके कदम पहले की तरह नहीं थिरक रहे थे। आज उन्हें बुलाकर चीनी का दाना देनेवाला कोई नहीं था।

सामने के मकान की छतों तथा बालकनियों से महिलाओं और बच्चों, सभी की दृष्टि राम प्रताप के मकान की ओर थी कि एकाएक एक कार राम प्रताप के दरवाजे पर रुकी, कार का अगला गेट खुला, जिसमें से राम प्रताप का पुत्र प्रदीप निकलकर कार के पिछले दरवाजे तक गया और दरवाजा खोलकर उसमें अंदर बैठे 40-50 वर्ष के सज्जन को निकाला तथा उनका बैग लेकर उनके पीछे-पीछे सीढ़ियों से चढ़कर बरामदे की ओर, फिर अंदर घुस गया। अपने घरों के बरामदे की रेलिंग पर खड़े स्त्रियों और बच्चों की उत्सुकता बढ़ रही थी। सबको आभास था कि डॉ. मुकर्जी को लेकर प्रदीप आया है तो जरूर मिश्राजी की तबीयत ज्यादा खराब है। अपने-अपने ऑफिस से घर आनेवालों की संख्या बढ़ रही है और सभी अपने घरों से रेलिंग पर आकर खड़े हो रहे हैं, बरामदे के एक कोने में लगभग 60 वर्ष का एक देहाती आदमी, जिसके चेहरे पर उदासी, दाढ़ी बढ़ी-सी···शून्य में देख रहा है—कभी सामने की मकानों की रेलिंग पर खड़े लोगों को, कभी खाली पड़े तख्त को निहार रहा है···पर···बैठा है। वह था साधु, भीख माँगने आया था, पर राम प्रताप ने उसे अपने घर के बगल में, अपने घर के कैंपस में ही बने एक कमरे में जगह दे दी, तब से

साधु राम प्रताप के साथ ही रहने लगा। वह रात में राम प्रताप की चारपाई के बगल में जमीन पर सोता था। पंडितजी के प्रति उसमें अपार श्रद्धा थी, तभी तो वह पंडितजी के आस-पास ही रहता था और पंडितजी भी यदि उसे नहीं देखते तो आवाज देकर बुलाते थे।

60-62 वर्ष का प्रताप बिस्तर पर लेटा है, जिसके सिर के पास जमीन पर उसकी पत्नी बैठी है, चिंता और परेशानी में... कि कमरे के दरवाजे से अपने पुत्र को डॉक्टर के साथ आता देखकर उसकी आँखें चंचल हो उठीं, आस की किरण...वह अपने पुत्र को ध्यान से देख रही है। प्रदीप कमरे में आकर डॉक्टर साहब की अटैची एक मेज पर रख देता है। डॉक्टर बिना किसी से बात किए प्रताप का चेक-अप करने लगते हैं। ब्लड प्रेशर नापना, नाड़ी देखना, आँखें खोलकर देखना, पैर के घुटने पर औजार से ठोककर, पैर के तलुए पर तेजी से उँगली दबाकर...धीरे-धीरे डॉक्टर के चेहरे पर परेशानी झलकने लगती है...माथे पर पसीना...चेहरे पर तनाव और वह कुरसी पर बैठकर अपने पैड पर कुछ लिखने लगता है। डॉक्टर के चेहरे के भाव को राम प्रताप की पत्नी व पुत्र पढ़ने का प्रयास कर रहे हैं। डॉक्टर के बगल में आकर प्रदीप खड़ा हो जाता है...

प्रदीप : डॉक्टर साब, पिताजी की तबीयत कैसी है? *(डॉक्टर कुछ लिखते हुए जैसे प्रदीप की बात सुनी ही नहीं... कुछ देर बाद डॉक्टर प्रदीप को देखते हैं, पैड से परचे को फाड़कर प्रदीप को देते हुए खड़े होते हैं।)*

डॉक्टर : इन्हें अभी नर्सिंग होम में भरती कराइए। चौबीस घंटे नर्सिंग की जरूरत है।

प्रदीप : डॉक्टर साब, बच तो जाएँगे?

डॉक्टर : दोनों किडनी फेल हो चुकी हैं। इन्हें अब तक ठीक से क्यों नहीं दिखाया?

प्रदीप : डॉक्टर से इलाज चल रहा था···

डॉक्टर : यदि किसी अच्छे डॉक्टर को दिखाया होता तो यह नौबत नहीं आती।

(इतना कहते हुए, अपनी अटैची उठाकर डॉक्टर बाहर चले जाते हैं··· उनके पीछे प्रदीप भी कमरे के बाहर चला जाता है)

मोहल्ले के लोग डॉक्टर को कमरे से बाहर जाते और कार में बैठते देख रहे हैं। कार चली जाती है और उसके पहियों से उठी धूल के बाद सड़क पर एक साइकिल सवार आता दिखाई देता है, जिसे देखकर प्रदीप गेट पर रुक जाता है साइकिल आकर रुक जाती है। साइकिल के पीछे 64-65 वर्ष का वृद्ध उतरता है। खादी का धोती-कुरता पहने, सिर पर खादी की सफेद टोपी। आँखों पर मोटा चश्मा। प्रदीप उस वृद्ध के पैर छूता है···वृद्ध बिना किसी भाव के बरामदे में धीरे-धीरे चढ़कर, दरवाजा खोलकर कमरे में घुस जाता है।

कमरे के दरवाजे से वृद्ध अंदर घुसता है। उसके कमरे में आते ही मानो बिस्तर पर पड़े प्रताप को आहट मिल गई हो। वह धीरे-धीरे सिर उठाकर बैठने का प्रयास करता है···

प्रताप : फतेह बहादुर···

फतेह बहादुर : हाँ प्रताप तुम लेटे रहो, मैं आया हूँ···सुबह भी आया था, पर तुमसे बात न कर सका···तुम सोए हुए थे।

प्रताप : *(चौंककर)* सोया था···तुम आए थे तो···क्या आज··· *(यह कहते हुए प्रताप चिंतित/परेशान होता है। फतेह बहादुर प्रताप की चिंता देखकर उसके और पास आ जाता है। प्रताप की पत्नी अपने सिर से धोती से अपना चेहरा ढक लेती है)*

फतेह बहादुर : हाँ प्रताप···आज 15 अगस्त है···पर पहली बार तुम कंपनी बाग नहीं जा पाए···ठीक हो जाओगे जल्दी, तब चलेंगे।

प्रताप : नहीं फतेह···मुझे ले चलो अभी···मैं चलूँगा··· *(यह कहते हुए प्रताप उठने लगता है)*

फतेह बहादुर : नहीं प्रताप, तुम्हारी तबीयत ठीक नहीं है···तुम नहीं चल सकते *(और इतना कहकर उसकी आँखों में आँसू आ जाते हैं)*

प्रताप : तो रेडियो चलाओ···कोई कार्यक्रम आ रहा होगा···मुझे आजादी के गीत सुनने हैं, फतेह। *(प्रताप का बेटा प्रदीप उठकर मेज के कोने में रखे रेडियो को चलाता है···रेडियो पर स्वतंत्रता का कार्यक्रम··· नाटक आ रहा है वंदे···मातरम्···भारत माता की जय···भारत माता की जय···वंदे मातरम्···वंदे मातरम्··· और धीरे-धीरे इन्हीं नारों के साथ प्रताप सोचने लगता है अपने अतीत को, जब वह जेल से छूटकर मेजा रोड स्टेशन आया था।)*

1946—ब्रिटिश सरकार और भारतीय राष्ट्रीय कांग्रेस के बीच भारत को आजाद करने का समझौता हो गया है। पूरे भारत में आजादी का उत्साह है।

मेजा रोड रेलवे स्टेशन का दृश्य, जिसमें बाहर से लोगों की भीड़ तिरंगा झंडा लेकर अनेक टोलियों में आ रही है। वातावरण में उत्तेजना बढ़ रही है।

50 वर्ष की आस-पास की आयु का एक व्यक्ति प्लेटफॉर्म पर बैठकर पान लगा रहा है। देखने से वह मजाकिया तथा मस्त प्रतीत हो रहा है। पान उठाने, उसे हथेली पर रखकर उस पर चूना तथा कत्था लगाने का अंदाज निराला है···यह सब करते समय वह अपनी भौंह नचाते हुए कुछ गुनगुनाता रहता है और मन-ही-मन उसका आनंद भी लेता जा रहा

है। पान आज कुछ ज्यादा लोग ही खा रहे हैं और अन्य दिनों की अपेक्षा आज स्टेशन पर कुछ भीड़ ही ज्यादा है, जैसाकि उसकी बातों से प्रकट हो रहा है।

पानवाला : *(अपने में)* आज कम पड़ गया माल *(यह कहते हुए और वाक्य समाप्त करते-करते जैसे उसकी समस्या का समाधान सुझाई पड़ गया और वह कुछ प्रसन्न और आत्मविश्वास पूर्ण दिखाई देता है।)* क···त्···था का इंतजाम तो हो गया *(यह कहते-कहते वह लोटा बाल्टी में डालकर उसमें पानी भरता है और पूरा पानी कत्थावाले बरतन में उलट देता है। इसी प्रकार चूने का भी इंतजाम करके वह प्रसन्न मन से मस्ती में पान लगाता है। एक युवक को वह उसके माँगने पर पान देता है। युवक से पैसा पाकर वह कुछ पैसा लौटाना चाहता है··जिसे देखकर युवक आश्चर्य से पूछता है।)*

युवक : आजादी के चलते आज दाम भी कम हो गया क्या?

पानवाला : *(अट्ठहास करता हुआ, जैसे आजादी से उसे कुछ लेना-देना ही नहीं)*···भइया, हमको का देगी आजादी? पैसा इसलिए लौटाए कि आज पान और पानी का दाम लग रहा है··· *(यह बात उस युवक के पल्ले नहीं पड़ती और और वह चल देता है। पानवाला अत्यंत साधारण तथा जागरुकता से कोसों दूर रहनेवाले एक ऐसे मेहनतकश व्यक्ति के चरित्र को दिखाता है, जो राजनीतिक मूल्यों को भले ही न जानता-समझता हो, परंतु नैतिक मूल्यों को अच्छी तरह जानता और समझता तो है, साथ ही उन्हें अपने व्यक्तिगत जीवन में अत्यधिक महत्त्व भी देता है। यही कारण था कि हमारा देश कितनी बार गुलाम हुआ, कितनी बार इसकी संस्कृति को तोड़ा गया, परंतु हर बार आँधियों को सहने के बाद भी यह जीवित रहा और यहाँ की संस्कृति हर बार ऐसी*

फूली और फली मानो इसके ऊपर कोई विपदा ही न आई हो।)

पानवाले को नहीं मालूम कि यह सब क्या है, इतनी भीड़ क्यों है? वह कुछ आश्चर्यचकित सा है।

पानवाला : भइया, आज इतनी भीड़ क्यों दिख रही है स्टेशन पर? फिर ट्रेन जाम है क्या? कोई धरना है आज, क्या कोई लाट साब आ रहा है?

एक नवयुवक *(हँसता हुआ) :* अब काहे का जाम और प्रदर्शन और कैसे लाट साहब? आज तो जेल से छूटकर प्रताप आ रहा है।

(यह सुनकर पानवाला चौंक जाता है।)

पानवाला : प्रताप, हरबोंगवा वाला?

नवयुवक : हाँ

पानवाला : *(कुछ सोचते हुए)*···कहते थे, उसको फाँसी हो गई थी, आगरा जेल में वह तो मर गया।

नवयुवक : नहीं, वह जिंदा है। वही आ रहा है आज *(यह सुनकर पानवाले की परेशानी बढ़ जाती है। वह चिंतित हो जाता है माथे पर पसीने की बूँदें··)*

पानवाला : तो फिर··· ?

स्टेशन पर चल रही भीड़ को वह आश्चर्य से देख रहा है। भीड़ के लोग आनेवाली ट्रेन की प्रतीक्षा कर रहे है। दूर से ट्रेन का इंजन दिखाई पड़ता है। स्टेशन 'भारत माता की जय वंदे मातरम्' और 'राम प्रताप जिंदाबाद' के नारों से गूँज जाता है। धीरे–धीरे ट्रेन स्टेशन पर आकर रुकती है और भीड़ में जोश आ रहा है। ट्रेन के एक डिब्बे में से 21–22 वर्ष का ऐसा नवयुवक निकलते हुए दिखाई देता है, जिसके चेहरे पर पड़ी झुर्रियाँ,

जहाँ एक और उसके अतीत को यातनाओं को कह रही थीं, वहीं उसकी आँखों से निकलता उत्साह व प्रसन्नता उसके मन में आई भविष्य के प्रति उसकी आशाएँ बता रही है। रामप्रताप के बाल व दाढ़ी बढ़ी हुई है, मानो कई सालों से काटे नहीं गए हों। भीड़ को स्टेशन पर देखकर वह खुशी से भीड़ में कूद जाता है और लोग उसे कंधों पर उठा लेते हैं। अपने साथ पढ़े लोगों को देखकर प्रताप अत्यंत प्रसन्न है।

स्टेशन से बाहर निकलती हुई भीड़ और उसके आगे मालाओं से लदा प्रताप चल रहा है। भीड़ गाँव से होकर बढ़ रही है और गाँव के लोग भी प्रताप को देखकर वातावरण में नारों की आवाज भर देते हैं··· उत्साह, जोश, हर्ष।

गाँव के सटे हुए रास्ते से होकर भीड़ गुजर रही है कि एकाएक 18–19 वर्ष की एक महिला प्रताप के सामने आई है, जो अपने हाथ से अपने सिर की धोती पकड़कर अपने चेहरे को ढकने का प्रयास कर रही है। उसकी आँखों में आँसू हैं तथा चेहरा उदास है। कुछ विक्षिप्त–सी लग रही है। उसकी सहमी और डरी हुई आँखों को देखकर प्रताप को अत्यधिक अचंभा–सा हो रहा है। बिना पलक गिराए एकटक वह प्रताप को देख रही है और कुछ याद–सा कर रही है। क्षण भर में ही वह युवती विह्वल हो जाती है और अपने हाथों से अपने धोती का किनारा पकड़कर अपने मुँह को बंद करना चाह रही है···मानो उसके मुँह से चीत्कार निकलनेवाली है, जिसे वह दबा रही है। प्रताप की आँखों में देखती हुई वह युवती अपने चेहरे को घुमाकर फफककर रोती हुई उसी प्रकार धोती से मुँह दबाए हुए मुड़कर एक गली में भागती है। उस स्त्री की ऐसी हरकत पिछले चार वर्षों से गाँव के लोग देख रहे थे, परंतु प्रताप के सामने उसकी ऐसी हरकत देखकर प्रताप के साथ चल रहे गाँव के लोग रुक जाते हैं···प्रताप उस स्त्री को पहचानने का प्रयास करता है।

प्रताप : यह तो संतो है, रामराज की पत्नी। इसे क्या हो गया··· ?

मनोहर : यह संतो ही है···रामराज तुम्हारे साथ ही घर से निकला था। कुछ महीने बाद गाँव में खबर फैली की कलकत्ता से बारूद ला रहा था तो रास्ते में उसके पीछे पुलिस लग गई और बारूद को बचाने के लिए या शायद पकड़े जाने के भय से चलती हुई गाड़ी से उफनाई हुई गंगा में कूद गया···लाश भी नहीं मिली···और तब से संतो ऐसी ही हालत में हो गई है। लोग उसे पगली कहते हैं। कभी–कभी गंगा मईया के किनारे कई दिनों तक बैठी रहती है। कहती है कि रामराज आनेवाला है···

प्रताप आत्मग्लानि से भर जाता है। उसे लगता है कि संतों का ऐसा हाल बनाने में वह दोषी है, क्योंकि रामराज को आजादी की लड़ाई में वही ले गया था।

प्रताप : मैं ही जोर देकर ले गया था उसको। पता नहीं कब मुझसे बिछड़ गया···रामराज का बाबू कैसा है? *(अपने को सँभालते हुए)*

मनोहर : बेटे के गम को वह एक दिन भी नहीं सह सका···

प्रताप : संतो किसके पास रहती है, और उसका बच्चा?

मनोहर : रामराज की मौत की खबर सुनकर संतो ऐसी हो गई, जैसे उसे साँप ने सूँघ लिया हो। उसकी गोद में उसका बच्चा था। संतो को उसे दूध पिलाने की चिंता नहीं रहती थी। कभी छोटे बच्चों का वह खिलौना बन जाता था तो कभी गली में पड़ा हुआ कुत्तों के बच्चों के साथ खेलता था। कोई देख लेता तो उसे उठाकर दूध पिला देता···और एक दिन शहर से एक अंग्रेज मेम आईं। कहती थी कि बच्चों की सेवा करती है···अनाथों को पालती है···गाँववालों ने बच्चा उसी को दे दिया···बोली थीं कि जब बच्चा बड़ा हो जाएगा तो उसकी माँ के पास आकर छोड़ जाएगी···लेकिन आज तक न तो वह मेम लौटी और न ही बच्चा और संतो···

(दुःखी प्रताप आक्रोश में आने लगता है, मानो दुःखी वातावरण में आक्रोश आ जाता है।)

प्रताप : और गाँववालों को हिम्मत नहीं थी कि संतो को अपने यहाँ रखते। कम-से-कम गाँव के बाहर ही एक झोंपड़ी बनवाकर उसको दे देते···क्योंकि बागी की ब्याहता थी, वो···पुलिस पकड़ लेगी···इसी डर से *(करुणा, आक्रोश, पश्चात्ताप)*

(न चाहकर भी प्रताप आगे बढ़ता है और अपने घर पर पहुँचता है— वही स्थान, जहाँ से उसने अपना क्रांतिकारी जीवन प्रारंभ किया था और घर के बाहर खड़े पंडितजी) बेटे को पाँच वर्ष बाद और इस हालात में देखकर अनायास उनकी आँखों में से आँसू बाहर निकलना चाह रहे थे। प्रताप सामने खड़े अपने पिता को देख रहा था···कभी पाँच वर्ष पहले पिता के जिन कंधों पर चढ़कर दीवार फाँदी थी, वही कंधे विपत्तियों को झेलते-झेलते ढीले पड़ चुके थे। आँधी और लू में अपने परिवार के बोझ ढोते-ढोते पंडितजी का लाल चेहरा स्याह हो गया था···पुत्र को देखकर उसे गले लगाने के लिए आगे बढ़ना चाहते थे। पैरों में कँपकँपी आ गई और वे लड़खड़ाकर गिर पड़े। प्रताप सबकुछ देख रहा था हतप्रभ··· *(दौड़कर अपने पिता के सिर को सँभालता हुआ)* बाबू, ई का होई···ग···तोहके? और पिता का सिर गोद में लेकर जमीन पर बैठकर फफककर रो पड़ा।

प्रताप जिस समय भीड़ के साथ अपने घर आ रहा था, इसी समय उसकी ब्याहता पत्नी भी घर के ऊपर चढ़कर खिड़की से देख रही थी। उसके घर की ओर मदद करने अकसर लोग आते थे। कभी कपड़े, कभी गेहूँ या चावल देकर, क्योंकि राम प्रताप के प्रति सबमें सम्मान था, परंतु जिस समय पंडितजी के कच्ची मिट्टी से बने घर को पुलिस ने जलाया, यह कहते हुए कि राम प्रताप का पता बताओ नहीं तो पूरे परिवार को ऐसे

ही जला देंगे, तब किसी गाँववाले की हिम्मत नहीं हुई कि वह पंडितजी के पक्ष में कुछ बोलता या पुलिस को ऐसा करने से रोकता। परंतु पुलिस के जाने के बाद पूरे गाँव के लोगों ने ही क्या, आस-पास के गाँववालों ने पंडितजी के लिए दूसरा मकान बना दिया था। आज इसी खिड़की से प्रताप को भीड़ के साथ अपने घर की ओर आता देखने कलावती, प्रताप की पत्नी लगातार देख रही है···शायद लोग आ रहे हैं पंडितजी से मिलने। उसे नहीं पता था कि भीड़ में प्रताप है, क्योंकि उसे तो यही पता था कि 3-4 साल पहले प्रताप को आगरा सेंट्रल जेल में फाँसी दे दी गई है, और वह विधवा का जीवन व्यतीत कर रही थी, परंतु भीड़ को अपने घर के पास आता देख और फिर एक युवक, जो बड़े बालों व दाढ़ीवाला था, को पंडितजी को उठाते देख वो ऊपर से उतरकर नीचे आ जाती है। उस युवक को वह ध्यान से देखती है और पहचानने की कोशिश करती है··· धीरे-धीरे उस युवक की आँखों को देखकर वह अपनी आँखों को उसी पर टिका देती है। शायद ये आँखें उसने पहले कभी देखी हों। कुछ ही क्षण में उसे लगता है कि ये आँखें उसके पति राम प्रताप की आँखों जैसी है, परंतु वह एकाएक अपनी मर्यादा को ध्यान कर आँखें नीचे कर लेती है। आँखें नीचे किए कुछ क्षण सोचती है यह कैसे हो सकता है···बिल्कुल वैसी ही आँखें दूसरे व्यक्ति की? साहस कर वह स्तब्ध खड़े उस युवक को पुनः देखने की चेष्टा करती है। पुनः वही परिचित आँखें! अपनी ब्याहता को इस बुरी हालत में कमजोर व बिना सजे देख प्रताप भी हतप्रभ है और मात्र कलावती को देख रहा है, खड़ा होकर। उसके पाँव जैसे ठहर गए, आगे बढ़ने का साहस समाप्त हो गया था। कलावती के इस रूप व हाव-भाव से वह भी चकित था। उसके मुँह से निकल जाता है, "क···ला···व···ती···"यह सुनकर मानो कलावती के मस्तिष्क ने विद्युत को स्पर्श कर लिया हो। वह आवाज पहचान लेती है। पति को इस हाल में जीवित

देखकर जहाँ उसकी प्रसन्नता चरम सीमा पर थी, वहीं अपने इस रूप को सोचकर वह अत्यंत ग्लानि और अपराधबोध का अनुभव कर रही थी। 17-18 वर्ष की एक युवती, जो विधवा का रूप धारण किए है; सफेद वस्त्र, माथे पर सिंदूर और हाथों में चूड़ियाँ भी नहीं हैं। अपना सिर नीचे झुकाए है, जैसे कि वह गाँववालों से आँखें मिला पाने की हिम्मत नहीं कर पा रही है। प्रताप स्थिर है। वह युवती सिर झुकाए ही धीरे-धीरे अपनी आँख ऊपर उठाती है और उसकी निगाहें अवाक् और हतप्रभ खड़े प्रताप की निर्जीव आँखों से मिलती हैं। प्रताप का चेहरा पीला पड़ गया है, जो कल्पना के परे इस दृश्य को देखकर स्तब्ध खड़ा विश्वास नहीं कर पा रहा है कि यह उसकी अपनी ब्याहता कलावती है। मानो कलावती प्रताप से प्रश्न कर रही है कि उसके इस रूप का आखिर जिम्मेदार कौन है… ? प्रताप चेहरा घुमाकर अपने पिता की ओर प्रश्न करता हुआ देखता है।

प्रताप : यह क्या, बाबू!

पिता : गाँव के लोगों की ओर देखता हुआ फफककर रो पड़ता है, मानो इसके लिए गाँववाले ही जिम्मेदार हैं। उन्हीं से वह उत्तर देने हेतु जैसे आग्रह कर रहा हो। पिता से उत्तर न पाकर प्रताप भीड़ में खड़े एक व्यक्ति से पूछता है।

प्रताप : चाचा, यह क्या हो गया ?

वह व्यक्ति भी कोई जवाब नहीं देता है और प्रताप जोर से चिल्लाता है।

प्रताप : क्या देख रहा हूँ मैं ? सब गूँगे हो गए हैं क्या ? यहाँ सब मुर्दे खड़े हैं…कोई तो बताए कि जो कुछ मैं देख रहा हूँ, वह है क्या ?

इसी बीच भीड़ में से प्रताप की आयु का ही एक व्यक्ति निकलता है, जिसकी आँखों में आक्रोश है।

मनोहर : भइया, कौन उत्तर देगा,··· ? सीता जैसी देवी को क्या बना दिया इन लोगों ने··· ? तुम्हारे जाने के बाद एक दिन खबर फैल गई कि फिरंगियों ने तुम्हें फाँसी दे दी। सबने यह मान लिया कि तुम मारे गए और भऊजी को इस गाँव ने विधवा बना दिया। जिस गंगा मैया के किनारे करवा चौथ की पूजा करती थी, उसी के किनारे भऊजी की चूड़िया तोड़ दीं, उसे कुल्टा कहा। बोलते थे कि पति को खा गई। इसकी छाया से भी लोग डरने लगे। गाँव में अगर उसे कुछ मिला तो वह केवल बोलियाँ, जिन्हें सुनते-सुनते वह थक गई थी। कोई बोला, पापिन है यह और एक दिन भऊजी को इनके मयकेवाले ले गए अपने घर। नहीं तो शायद वह इस दुनिया में नहीं होती। कोई बोला कि अब वह गाँव में नहीं लौटेगी, कोई बोला कि पागल हो गई और किसी ने कहा कि मर गई···

यह कहते-कहते मनोहर की बोली बंद हो गई और वह भावुक हो जाता है। पंडितजी के धैर्य की सीमा भी टूट गई और वह भावुक होकर कुछ नहीं बोलते हैं।

यह सब सुनते-सुनते प्रताप अपने कान बंद कर लेता है, मानो उसकी और सुनने की क्षमता समाप्त हो गई। ये बातें उसे बाणों की तरह बेध रही हैं। उसका चेहरा लाल हो गया और आँखों में लाल नसें उभर आईं, मानो सिर फट रहा हो और वह जोर से चिल्लाता है, "नहीं··· नहीं···"और आवाज दूर तक गूँजती है।

अपनी ब्याहता को इस दशा में देखकर इस असहाय कल्पनातीत और अनहोनी घटना के लिए प्रताप आत्मग्लानि से भर जाता है।

पिताजी के जेल से छूटकर गाँव में आने की इस घटना को अम्मा ने एक-दो बार हमें बताया था। पर हर बार इतना ही बता पाती थीं और रोने लगती थीं। हम उन्हें चुप करा देते थे। हम इसके आगे सुन पाने का साहस

नहीं कर पाते थे। एक बार जब पिताजी का देहांत हुआ, कुछ दिन बाद उन्हें याद करते-करते कुछ इस तरह बताया—

"रोज की नाईं हम इनारा से पानी लावा, गोरू के पानी डाला-गड़ही में बासन मांज के आग जलाई के बटुआ के अदहन पर रखे रहे कि लगा, दुआरे केऊ आइबा, अउर बुढ़ऊ बतियात हएन। धीरे-धीरे लगा कि कऊनऊ गदेला हरन आवत हएन, आवाज सुनाई देहेस। हम डरि गए कि पुलुस पुनि आवत बा का अऊर हम अटारे पर चढ़ि के देखई लागे—का देखा कि ढेर मनई गदेला आवत हएन नेवाजी के पुरा की बारी कइती से। डरि गए पर पुलुस नाहीं रही, त रचि के डर कम भवा। उतने में पानी अदहन पर रखे रहे नीचे उतारि के चाउर अउर दाल धोई के बुटुली में डालत रहे कि तबसे दुआरे भारी भीड़ के आवाज आवई लाग। हम डरि गए अऊर अटारे चढ़ि कर का देखत हई कि बुढ़ऊ कउनऊ साधू के गले लगावत रहेन। हम सोचा भइया के अहई कि बुढ़ऊ अइसन करत हएन, केहु से नाही करतेन। सोचा केई घरे क होई, दाढ़ी बार कुल बढ़ा रहा पर खादी का सफेद कुरता अऊर धोती देखा त सोचा कि साधू त अइसन नाही पहनतेन। सोचा कि हमरे भइया (पिताजी परिवार में सबसे बड़े थे। सब 'भइया' बोलते थे। अम्मा जब ब्याह होकर आईं, मात्र 16 साल की थीं। वो भी 'भइया' बोलने लगीं) क कउनऊ साथी होए। अटारी से उतरि के ओसारे में आइ गए। ऊ मनई हमके देखई लाग। हम डरि गए, अऊर मुँह नीचे कई लिहा पर हमके लगा कि उह मनई की आँख पहिले कभऊं देखे हई, हिम्मत कई के पुनि सिर उठाइ के ओके देखा तब आँख देखि के हमके लगा कि इ त हमार भइया क आँख बा—उतनई सोचत रहे कि भइया कुछ मोह डोलाएन का कहेन, याद नाही, पर उनके बोलई से हम चीन्ह गए कि इ त हमार भइया हएन····बहुत पातर होई ग रहेन, दाढ़ी, मूँछ और सिर क बाल कुल मिल ग रहेन, बस आँख दिखत रही।

(प्रतिदिन की भाँति कुएँ से पानी लाकर जानवरों को पिलाया। फिर तालाब पर जाकर बरतन धोए और बरतन में पानी डालकर आग पर चढ़ा दिया, गरम होने के लिए। इसी बीच घर के बाहर आवाज आने लगी। फरंगइया महाराज किसी से बात कर रहे थे। लगा कि बच्चे-लड़के लोग आ रहे हैं, जो आवाज सुनकर मैं डर गई और अटारी (प्रथम तल के) कमरे में चढ़कर खिड़की से देखने लगी- देखा कि बगल के गाँव निवाजीपुरा के बाग से भीड़ आ रही है। मैं डर गई, परंतु पुलिस नहीं थी। यह देखकर कुछ ढाढ़स बंधा। याद आया कि पानी उबल गया होगा। तुरंत नीचे उतरकर बरतन में दाल-चावल डाला। बाहर भीड़ की आवाज आने लगी। मैं फिर ऊपर चढ़कर खिड़की से देखने लगी- देखा कि एक साधू जिसके बाल, दाढ़ी, मूँछें बढ़ी हुई हैं, को फरंगइया महाराज गले लगा रहे है। मैंने पहले कभी इनको किसी को गले लगाते नहीं देखा, तो मुझे कुछ असहज-सा लगा, क्योंकि वह साधू सफेद खादी का कुरता और धोती पहने था। साधू तो ऐसा कपड़ा नहीं पहनते। फिर दिमाग में आया कि भइया (प्रताप) का कोई दोस्त आया है क्या? यह सोचकर उत्सुकतावश ऊपर से उतरकर बरामदे में आकर उसे देखने लगी। वह आदमी मुझे देखने लगा। मैं डर गई। मेरे लिए यह लज्जा का विषय था कि मुझे कोई ऐसे देखे। मैंने मुँह नीचे कर लिया, परंतु उसकी आँख देखने पर मुझे लगा कि मैंने इन आँखों को पहले देखा है। अतः कुछ क्षण बाद पुनः सिर उठाकर उसे देखा। वह मुझे लगातार देख रहा था। इस बार वो कुछ बोला, तब मुझे बोलने के तरीके से लगा कि ये तो भइया (प्रताप) हैं। बहुत दुबले हो गए थे। दाढ़ी, मूँछें व सिर के बाल इतने बढ़े और अस्त-व्यस्त थे कि सब मिल गए थे। केवल आँखें दिख रही थीं। चेहरा बालों से बिल्कुल ढका था।

भोर…कुछ अँधेरा है। प्रताप के घर दूर से आवाज आ रही है…

फरंगइया महाराज...पंडितजी, उठो, जरूरी काम है। बरामदे में लेटे प्रताप के पिता आवाज सुन कर उठते हैं।

पंडित जी : इतनी सुबह कौन है भाई ?

(बाहर की आवाज) मैं हूँ...मुखिया ने भेजा है।

पंडितजी आगे बढ़कर उस आदमी के पास पहुँचते हैं और इतनी सुबह उसके आने का कारण पूछते हैं। वह व्यक्ति बताता है कि फरंगइया महाराज को मुखिया ने अभी बुलाया है। पंडितजी को आश्चर्य होता है और वे पूछते हैं, "क्या कोई खास बात है।"

व्यक्ति : पता नहीं। मुखिया रात भर सोए नहीं। बहुत परेशान लग रहे हैं। लगता है, कोई बड़ी बात हो गई है।

पंडित जी : चलो, मैं आता हूँ।

वह आदमी चला जाता है, पर उसके जाते ही वातावरण गंभीर होना शुरू हो जाता है। पंडितजी बरामदे की खूंटी पर टँगा कुरता उतारकर पहनते हैं और देहरी से उतरकर मुखिया के घर की ओर चल देते हैं।

मुखिया की छत के ऊपर का दृश्य...सूर्योदय हो रहा है...मुखिया परेशान इधर-उधर घूम रहा है। उसके चेहरे पर चिंता और कल को आनेवाली विपदा का भय है। पंडितजी को देखकर वह कठोर शब्दों में कुछ कह रहा है। पंडितजी स्तब्ध हाथ नीचे किए खड़े हैं। दूर खड़े लोगों को आवाज सुनाई पड़ती है। मात्र यही पता चलता है कि वातावरण अशांत व गंभीर हो गया है।

मुखिया : हम भी देशवासी हैं। हम भी आजाद भारत के नागरिक हैं। हमे भी अपनी तरह जीने की और अपने ही तरीके से काम करने की आजादी मिली है। गाँव में हमारी जमींदारी खत्म नहीं हुई है...प्रताप दो

दिन का बच्चा है। बचपन से जवानी में कदम नहीं रख पाया कि जेल की सलाखों के पीछे चला गया। बंद कोठरी में रहकर लगता है, हवाई उड़ान उड़ाई है उसने। खुले वातावरण में दुनिया नहीं देखी है···इसी तरह गाँववालों को आजादी की सीख देगा तो क्या रह पाएगा ? गाँव में लोगों के रोजगारों की सोचता, लोगों को रहने के लिए मकानों की बात करता···पर हमारे खिलाफ ही बगावत करना चाहता है···हमसे समझौता हुआ है, तब लाट साहब लोगों ने आजादी दी है देश को।

यह कहता-कहता मुखिया थक-सा जाता है और आक्रोश में आ रहा है, "उसको आज ही शहर भेज दो। जाकर कुछ कमा ले···तुमको अपने खेत भी छुड़ाने हैं।"

पंडितजी शांत खड़े सबकुछ सुनते हैं, एक शब्द भी मुँह से नहीं निकालते।

सुबह हो गई। सूरज निकल चुका है। अपने मकान के सामने एक बड़ी झोंपड़ी में फरंगइया महाराज चारपाई पर बैठे हैं। प्रताप पैदल घूम रहा है। पिता प्रताप से अपने परेशानी व इच्छा बता रहे हैं। कभी-कभी झोंपड़ी के किनारे स्थित बेल के पेड़ पर छाया में बैठी चिड़ियों की आवाज से शांति भंग हो रही है।

फरंगइया महाराज : क्या करता, बेटा ? कोई और उपाय भी तो नहीं था। तुम्हारे पकड़े जाते ही सबकुछ बदल गया। हमारी बखरी में आग लगा दी। सबकुछ स्वाहा हो गया। दोबारा कच्चा मकान बनाया, अपने भी दुश्मन हो गए। तुम्हारा ब्याह किया था पकरी में, दूबे लोगों के यहाँ कोई बेटा नहीं था। सोचा था, वहाँ भी तुम्हें कुछ जमीन मिल जाएगी और परिवार का गुजारा हो जाएगा, पर तुम्हारे जेल जाते ही सारी जमीन पर लोगों ने कब्जा कर लिया। तुम्हारी सास तुम्हारे वियोग में मर गई। उनके

मरने पर परिवार के लोगों ने उनका ठीक से दाह-संस्कार भी नहीं किया। तुम्हारे ससुराल की बखरी को जगह-जगह खोद डाला। दीवारों को भी खोद दिया, कहीं सोना गड़ा हो उसको खोजने। ऐसी हैवानियत को लोगों से सुनकर तुम्हारी ब्याहता···भी सहम गई थी और उसने प्रतिज्ञा कर ली कि वो कभी अपने मायके नहीं जाएगी। कहाँ जाता? किसके आगे हाथ फैलाता? तुम्हारी माँ के गहने और गिरवी रखी इस जमीन के सहारे ही जिंदा हैं हम आज तक। मुखिया ने तो लाज बचा ली हमारी···कुर्की होने के बाद कहाँ-कहाँ भटका मैं? किसी ने नहीं सुनी···तू बागी क्या हो गया, जैसे तू गाँव के लिए मौत का संदेश था···और मैं उसका काला साया··· तेरा यह अभागा बाप, जिसे कोई अपने दरवाजे पर भी नहीं बैठने देता था, इसी पेड़ के नीचे तेरे लौटने की बाट जोहते-जोहते टूट चुका था।" प्रताप सबकुछ दुःखी मन से सुन रहा है···पिता आवाज स्थिर करता हुआ: बेटा, चला जा शहर में। नहीं तो कौन उतारेगा इस कर्जे से?

प्रताप : बाबू मैं सब समझ रहा हूँ। किसका कर्ज···और तुम्हारी विवशता भी···कल ही शहर चला जाऊँगा। उसी शहर में, जहाँ से मैं बंदी बनाया गया।

इतने में एक लड़का दौड़ता हुआ आता है जो खुश है और कोई संदेश देना चाहता है। उसके चेहरे पर खुशी कौतूहल तथा विजयी होने के भाव हैं, क्योंकि वहीं सबसे पहले यह समाचार देने आया है। पहले वह पंडितजी की ओर संबोधन करता है, परंतु जब देखता है कि प्रताप भी वहाँ खड़ा है तो वह प्रताप की ओर देखता है और उसी को बताना चाहता है, क्योंकि शायद वह जानता है कि जिस समाचार को वह लेकर आया है वह प्रताप के लिए अधिक सुखदायी और महत्त्वपूर्ण है।

लड़का : भइया, भउजी आज पूरा धान काट दिहिन। बहुत खुश हैं,

पानी लेइ भेजिन हमके। थोड़ा गुड़ देइदो, ले जाइब उनके देब··· । बड़ी धूब बा तभउ भउजी धान काट दीन।

सूर्य प्रचंड ऊष्मा से आज अधिक उष्ण है। हरबोंगवा गाँव के अंदर पेड़ों पर दोपहर की चिलचिलाती धूप से बचने के लिए उस पर बैठी छोटी चिड़ियाँ चहक रही हैं, कुछ आपस में एक डाल से दूसरी डाल पर फुदककर खिलवाड़ कर रही हैं। वातावरण शांत है। सभी लोग अपने घरों में औसारे में या फिर झोपड़ियों में, जिसमें जानवर भी बँधे हैं···बैठे गपशप कर रहे हैं। सुबह से ही खेत में काम करने के बाद अब अपने-अपने घरों में आकर आराम कर रहे हैं।

परंतु गाँव के बाहर एक खेत में कटे हुए गेहूँ के बोझे को कलावती बाँध रही है, जिसके माथे पर पसीने की बूँदें हैं तथा पसीने से ब्लाउज लगभग आधा भीगा हुआ है, जिससे यह आभास हो रहा है कि वह धूप में काफी देर से कार्य उस समय भी कर रही है, जब गाँव के सभी लोग, यहाँ तक की पक्षी भी आराम कर रहे हैं। इसी समय दूर से आवाज आती है, "कलावती···अरे कलावती ?" आवाज धीरे-धीरे स्पष्ट हो रही है। ऐसा लगता है कि कोई औरत दूर से कलावती को आवाज देती हुई उसके पास आ रही है। आवाज सुनकर कलावती सोचती है कि दोपहर में उसे कोई क्यों बुला रहा है ? कलावती···कलावती···कलावती कुछ आश्चर्यचकित और चिंतित सी हो रही है।

झाड़ियों के बीच जा रही एक पगडंडी से कलावती की आयु की एक युवती उसी की ओर आती दिखाई दे रही है, जो हाँफ रही है और कलावती के पास पहुँचते-पहुँचते बोलना प्रारंभ कर देती है।

युवती : कलावती···मैं···क्या सुन रही हूँ ? *(फिर कलावती के पास आकर रुकती हुई कहती है)*···ये क्या कर रही हो, कलावती··· ?

कलावती : *(आश्चर्य घबराहट)* क्या हुआ, क्या किया मैंने ?

युवती : अभी दो दिन नहीं बीते और···

कलावती : और क्या··· ?

युवती : और प्रताप को फिर शहर भेज रही हो···अपने से दूर भेज रही हो···अरे, पाँच साल बाद जेल की कोठरी से लौटे हैं, सुस्ता भी नहीं पाए हैं।

कलावती चिंतित और दुःखी हो जाती है, धीरे-धीरे उसके हाथ ढीले पड़ रहे हैं *(धान के पौधों से उमेठकर बनाई गई रस्सी, जिसे उसने कसकर पकड़ रखा था, उसके निर्जीव हुए हाथों से छूटकर जमीन पर गिर जाती है और जमीन पर गिरकर उसकी ऐंठन शिथिल पड़ने लगती है)*

युवती : क्या हो गया तुझको ? कोई नहीं चाहता कि वे इतनी जल्दी गाँव छोड़कर फिर चले जाएँ··· एक बार गाँव छोड़कर क्या गए, गाँव पर जैसे महाकाली का क्रोध टूट पड़ा था। मानो यमराज की छाया ने गाँव को डस लिया था···और आज तू ही उनकी पत्नी उन्हें फिर बाहर··· *(बीच में ही युवती की बात काटते हुए कलावती पूछती है)—*

कलावती : कौन बाहर भेज रहा है उन्हें ?

युवती : तुम्हारे अपने श्वसुर प्रताप के अपने पिता फरंगइया महाराज।

कलावती : (अपने सँभालते हुए): इस समय कहाँ है प्रताप ?

युवती बताती है कि उसने प्रताप को गाँव की पाठशाला की ओर जाते देखा था, जिसे सुनकर कलावती तेजी से पाठशाला की ओर चल देती है। वह युवती खड़ी होकर कलावती को देख रही है। दूर जाती हुई कलावती पगडंडी की झाड़ियों में खो जाती है।

गाँव के किनारे गाँव की एक महिला दोपहर में कलावती को इस

हालत में तेजी से जाते देखकर दौड़ती है। उसके चेहरे पर ऐसा भाव आता है मानो कोई अनिष्ट होनेवाला है और यही भाव कलावती को देखनेवाले और लोगों के चेहरे पर भी आते हैं।

गाँव के किनारे एक पुरानी छोटी पाठशाला, जो बंद है। उसी ओर कलावती तेजी से गुस्से में बढ़ी चली आ रही है। बरामदे में दीवार से टेक लगाए प्रताप बैठा है और कलावती को इस हाल में आता देखकर समझ जाता है कि कलावती को प्रताप के शहर जाने की बात का पता चल गया है। प्रताप अपने आश्चर्य को शांत करता हुआ कलावती के आने पर बोलता है।

प्रताप : कलावती, पाठशाला की इमारत अब टूटे हाल नहीं होगी। इसमें पढ़नेवाले बालकों को बरसात के पानी में भीगकर नहीं पढ़ना होगा··· और यह कहते-कहते वह खड़ा हो जाता है पुनः कहता है···"यह आसमान विद्यालय की छत नहीं रहेगा और शिक्षा···बच्चों को गुलाम बनाने के लिए नहीं, उन्हें आजादी में जीना सिखाने के लिए होगी" *(इतना कहते-कहते वह टूटी पुराने ईंटों को खड़ा करके किसी बच्चे द्वारा बनाए हुए एक छोटे से घर को ईंट को जोर से पकड़ लेता है और उसके स्पर्श को यह मकान नहीं सह पाता है और एकाएक गिर पड़ता है। गिरती हुई ईंटों पर होती हुई उसकी दृष्टि कलावती के पैरों पर से ऊपर होती हुई उसके स्तब्ध चेहरे पर आकर रुकती है, जो क्रोध में झल्लाई हुई है।)*

कलावती : ये क्या कर रहे हो तुम···एक बार तो मुझे छोड़कर तुम जा चुके हो···और आकर तुमने देख भी लिया कि मेरा क्या हाल हुआ?

प्रताप : इस बार मे जल्दी लौट आऊँगा, कलावती।

कलावती : पिछली बार भी यह कहा था तुमने।

प्रताप : कलावती···देखो तुम समझदार नारी हो। अगर तुम्हीं इसी

तरह की बातें करोगी तो…तुमको मेरे साथ कंधे से कंधा मिलाकर चलना है। यह गाँव हमसे कुछ माँग रहा है और अगर हम ही इसी तरह…

कलावती : क्यों बार-बार मेरी परीक्षा ले रहे हो? तुम्हारी अग्नि परीक्षा से एक बार मैं किस तरह बच कर खड़ी हूँ, पर मुझमें अब शक्ति नहीं है… पाँच वर्ष एक-एक दिन तुम क्या जानो, कैसे बिताए मैंने… क्या घर से जाकर तुमने कभी सोचा कि तुम्हारी यह ब्याहता, जिसे अपने ससुराल की दहलीज पर पैर रखे दो माह भी नहीं हुए थे, किस तरह जी रही होगी… ?

प्रताप : कलावती, उस समय बात और थी। मै देश पर जुल्म करनेवाले फिरंगियों से लड़ने उनके अन्याय को समाप्त करने के लिए धर्म युद्ध में गया था। आज वो फिरंगी नहीं…वो अन्याय नहीं…कपट नहीं तो लड़ाई कैसी?…मैं तो शांति के लिए जा रहा हूँ।

कलावती *(आँखों में क्रोध)*… : दो गज कपड़े के झंडे के बदलने से क्या लोग बदल जाते हैं? क्या मैं नहीं जानती कि तुमको कौन बाहर भिजवा रहा है? *(पराजित, हताश कलावती आज खुलकर बोलती है कि भले ही देश आजाद हो गया हो पर जमींदारी से गाँव आजाद नहीं हो पाए।)*

रात्रि का सन्नाटा। गाँव में कभी-कभी कुत्तों के रोने की आवाज आ रही है। प्रताप का घर, जो गाँव के किनारे स्थित है, उसके एक कमरे की खिड़की से हल्की रोशनी बाहर आ रही है, जिससे इस बात का संकेत मिलता है कि जिस समय सारा गाँव सो रहा है, प्रताप के घर में कोई जगा हुआ है।

प्रताप के एक कमरे में प्रताप और उसकी पत्नी जगे हुए हैं। प्रताप सुबह जानेवाला है और कलावती अपनी पिछली दु:ख भरी बातों को बता

रही है और प्रताप को समझाना चाहती है कि यह गाँव, यहाँ की व्यवस्था और यहाँ के लोग अभी नहीं बदले हैं।

कलावती : तुम मुझसे बड़े हो···ज्यादा समझदार···पर जो कुछ मैं देख रही हूँ, मैंने देखा है वह भी सच है···अरे, जब यह गाँव नहीं बदला, यहाँ की व्यवस्था नहीं बदली, यहाँ के लोग नहीं बदले तो कैसे सोचते हो कि शहर में सबकुछ बदल गया होगा··· ? (कुछ सोचते हुए) मुझे याद है, जिस दिन यह खबर फैली थी कि देश आजाद होनेवाला है, जमींदारी खत्म होनेवाली है, उसी दिन से मुखिया ने रहन रखे हमारे खेतों की नीलामी शुरू करवा दी। भुखमरी से बचने के लिए बाबूजी ने जो मेरे जेवर शहर के घपत सोनार के यहाँ रखवाए थे, उन जेवरों को उसने पीतल का बताकर हमें पीतल की हांडी थमा दी उसके बदले···उसे अपने सिर पर कलश बनाकर रखने सजाने और इनारा से पानी भरने के लिए···और इतने पर भी अगर मेरे बापू यहाँ से न ले गए होते तो शायद···लौटकर तुम मेरा मुँह···प्रताप बीच में ही कलावती को और कुछ बोलने से रोकना चाहता है, परंतु कलावती कहती जाती है···, "जिन शहरी लोगों ने तुम्हें पकड़कर फिरंगियों को सौंपा था, तुम्हें कोड़ों और बेंतों की सजा के लिए···तुम्हे मौत की काली कोठरी में ढकेला था, तुम्हारे सिद्धांतों का गला घोंटने के लिए···आज फिर उन्हीं के बीच जाने के लिए तैयार हो तुम···अरे, आजादी के बाद ही शहरों में उठी लपटों को तुमने नहीं देखा ?···और तुम कहते हो सबकुछ बदल गया···अब तो वो समय आ गया कि तुम अच्छे-बुरे की पहचान भी नहीं कर पाओगे···चाहकर भी अन्याय से नहीं लड़ पाओगे··· और यदि लड़ना चाहोगे भी तो इस संग्राम में तुम अपने को अकेला ही पाओगे···पर मैं···कलावती तुमसे दूर रहते हुए भी तुम्हारे साथ रहूँगी, तुम्हारे संग्राम में तुम्हारी सारथी की तरह।

भोर में ही प्रताप के घर के सामने एक बैलगाड़ी आकर रुकती है।

प्रताप एक हाथ में बक्सा और कलावती द्वारा दी गई कपड़े में बँधी एक पोटली लेकर अपने पिता का चरण छूता है। पिता प्रताप के सिर पर हाथ रखता हुआ दुःखी मन से उसे आशीर्वाद दे रहा है और उसके मुँह से रोने की आवाज के अतिरिक्त कोई शब्द नहीं निकल रहा है। असहाय परिस्थितियों के सामने घुटने टेकनेवाला पिता) बैलगाड़ी पर बैठ रहे प्रताप को देख रहा है। बैलगाड़ी चल देती है। सूर्य क्षितिज के ऊपर आ रहा है। कलावती देहरी पर खड़ी जाती हुई बैलगाड़ी को दूर तक देख रही है *(विद्रोह करुणा, दर्द पर चुप्पी¨ !)*

ट्रेन में बैठकर प्रताप शहर में पहुँचता है। स्टेशन पर एक डिब्बे से उतर स्टेशन के बाहर आता है और एक रिक्शे पर बैठकर चल देता है। रिक्शे पर बैठा प्रताप कभी रिक्शा चला रहे वृद्ध को देख रहा है तो कभी सड़क के किनारे गुजरनेवाली बड़ी अट्टालिकाओं को। वह सोच रहा है, कैसा विरोधाभास है शहर में? क्या अब यह समाप्त हो पाएगा? रिक्शा एक बड़े से मकान के सामने आकर रुकता है। मकान के गेट पर एक सिपाही खड़ा है। मंत्री आवास। प्रताप रिक्शे से उतरता है और उसकी दृष्टि आवास के द्वार पर पड़ती है। वह कुछ प्रसन्न दिख रहा है। रिक्शे से उतरकर जेब से रुपए का नोट निकालकर रिक्शेवाले को एक हाथ से देता है तथा दूसरे हाथ से अपना सामान उठाता है। रिक्शा चालक नोट देखकर कहता है कि उसे फुटकर दो, क्योंकि उसके पास लौटाने के लिए फुटकर नहीं है। आज यह पहली मजदूरी है, परंतु प्रताप पैसा वापस नहीं लेता और रिक्शा चालक को पूरा नोट देते हुए कहता है कि यही मजदूरी है तुम्हारी। रिक्शा चालक हतप्रभ होते हुए दोनों हाथ बढ़ाकर रुपया थाम लेता है और प्रताप रुपया देकर प्रसन्न हो जाता है और बँगले के द्वार में प्रवेश करता है¨रिक्शा चालक खड़ा उसे देख रहा है। वह आश्चर्यचकित है कि इस शहर में यह कैसा व्यक्ति है? वह सोच रहा है कि यह व्यक्ति कैसे निभा

पाएगा इस शहर को ? मन–ही–मन यह प्रताप को आशीर्वाद दे रहा है और ईश्वर से कामना कर रहा है कि इस मानव की रक्षा करे।

मंत्री के कक्ष का द्वार, जहाँ कुछ लोग बेंच पर तथा कुछ लोग तख्त पर बैठे हैं, प्रताप सीढ़ी से ऊपर चढ़कर वहाँ पहुँचकर इधर–उधर बैठने के लिए स्थान देखता है और कोई स्थान खाली नहीं पाकर खड़े हुए दरबान से बोलता है।

प्रताप : भइयाजी से बोलो प्रताप आया है···प्रताप इलाहाबाद से *(कुछ गर्व का अनुभव करते हुए)।*

दरबान : सभी लोग मिलने आए हैं। यह कहकर वह प्रताप को और लोगों के समान बैठकर अपने नंबर की प्रतीक्षा करने को कहता है। यह सुनकर प्रताप को आभास होता है कि वह आम लोगों में ही एक व्यक्ति है और लज्जित हुए एक स्थान पर बैठ जाता है।

एक–एक करके बैठे हुए लोग अंदर बुलाए जाते हैं, परंतु दरबान द्वारा अतिथियों का जिस प्रकार संबोधन किया जा रहा है वह प्रताप को अच्छा नहीं लगता है *(प्रताप प्रतीक्षा कर रहा है और दरबान के व्यवहार पर चौंक रहा है। अंत में दरबान से बोलता है)*

प्रताप, "भाई···ये लोग अतिथि हैं और फिर यह कोई अंग्रेजों की अदालत नहीं कि आप बिना उम्र का लिहाज किए···बिना 'श्री'···लगाए बुला रहे हो···यहाँ अदब से बोलिए।···यह सुनकर दरबान आगंतुक के अप्रत्याशित व्यवहार से कुछ सहम जाता है, पर कुछ नहीं कहता है। इतने में अंदर से आवाज आती है···"अंगद"···आवाज सुनकर दरबान तेजी से अंदर जाता है, उसी का नाम अंगद है···कुछ क्षण बाद अंगद बाहर निकलता है और प्रताप की ओर देखते हुए कहता है···, "आपको बुलाया गया है।"

यह सुनकर प्रताप जमीन पर रखा हुआ अपना बक्सा पोटली, जो अब कुछ छोटी हो गई है···उसने उसमें रखा भोजन कर लिया है और कुछ बचा है···उठाता हुआ अंदर जाता है···

मंत्रीजी बड़ी मेज के सामने बैठे हैं। सामने से दरवाजा खुलता है और प्रताप प्रवेश करता है। मंत्रीजी के कक्ष की शान देखकर वह कुछ चौंकता है। फिर अपने पर संयम करते हुए समान हाथ में लिये झुककर प्रणाम करता है···मंत्रीजी प्रताप को देखकर कुरसी से उठकर प्रताप के पास आते हैं और प्रताप को ध्यान से देखते हैं कुछ दुःखी तथा याद करते हुए···

मंत्री जी: तुम ही थे ने मेरे साथ आगरा सेंट्रल जेल में··· ?

प्रताप : *(सामान सँभालते हुए)*···हाँ–हाँ महोदय···

मंत्री जी: अरे समान क्यों उठाए हो··· ? बढ़कर उसके हाथ से बक्सा तथा पोटली लेने का प्रयास करते हैं···भूमि पर रखने के लिए···प्रताप बक्सा तो छोड़ देता है, पर उस पोटली को देने में संकोच करता है *(प्रताप मानो उस पोटली को अपने से अलग नहीं होने देना चाहता है)*

मंत्रीजी बक्से को एक किनारे रखते हुए कहते हैं···

मंत्रीजी : प्रताप तुम कितने बदल गए हो··· ? जब पहले दिन तुम जेल में आए थे···*(मस्तिष्क पर कुछ बल देते हुए याद करते हुए)*··· तुम्हारा चेहरा सूरज की तरह चमक रहा था···और तुम···अब···।

प्रताप : *(बीच में ही रोकते हुए)* हाँ, चार साल से ज्यादा उस जेल की कोठरी में और हर रोज बेंतों से पिटाई···और उस समय भी हर रोज मेरे सामने लटकता हुआ फाँसी का फंदा···उस दिन की प्रतीक्षा कि जब मैं बालिग घोषित कर दिया जाँऊ और मुझे फाँसी पर लटकाया जा सके।

मंत्री : और मैं एक साल बाद ही छूट गया जेल से। उसके बाद बाहर रहकर आंदोलन में लगा रहा···तीन-चार बार और जेल गया, पर जल्दी ही छूट गया···कुरबानी तो तुमने दी है, प्रताप···आज तुम्हारा है इस कुरसी पर बैठने का अधिकार।

प्रताप : नहीं-नहीं शर्मिंदा न करिए···। (शांत)

मंत्री : प्रताप, मैं चाहता हूँ कि तुम हमारे साथ राजनीति में आओ। हमें···इस देश को तुम्हारी जरूरत है···पता नहीं क्यों, आज मुझे लगता है कि हमारे साथ ऐसे लोगों की कमी होनेवाली है, जो आजादी का मूल्य समझते हैं।

प्रताप : इस देश की बागडोर आप लोगों के हाथ में है···आप जानते हैं राज्य की नीति···शासन चलाने का ज्ञान है आपको···। मैंने केवल बारूद के गोले बनाकर उन्हें पटकना; स्टेशन, पोस्ट ऑफिस, बैंकों में आग लगाना, हुकूमत का झंडा जलाना···वंदे मातरम्···इनकलाब जिंदाबाद के नारे लगाना—यही सीखा है मैंने।

(जोश-उत्साह और फिर संयमित होते हुए···)

प्रताप : मैं तो आज अपने लिए देश से, आपसे कुछ माँगने आया हूँ···मुझे कोई नौकरी चाहिए परिवार को पालने के लिए, अपने देश में एक नौकरी। मंत्रीजी आवाक्/हताश हैं, पर वह प्रताप की आँखों में पढ़ रहे हैं प्रताप की बेबसी उसकी सीमाएँ और उस पर जिम्मेदारी का बोझ··· वह प्रताप को नौकरी दिलाने से अपने आपको मना नहीं कर पाते हैं···और कुछ सोचने लगते हैं। प्रताप कमरे में लटकी बापू (गांधी) और सुभाषचंद्र बोस की तसवीरें देखता है··· *(अंदर-ही-अंदर प्रताप प्रसन्न है)* मौन टूटता है। प्रताप द्वारा दिए गए पेपर्स प्रमाण-पत्रों को देखने बाद मंत्री बोलते हैं।

मंत्री : प्रताप, पुलिस ट्रेनिंग कॉलेज, मुरादाबाद में सब इंस्पेक्टर की

भरती है। मैं प्रधानाचार्य को बोल देता हूँ···यदि तुम ग्रेजुएट होते तो तुम्हें डिप्टी एस.पी. बनवा देता *(भाव कि मंत्रीजी प्रताप के लिए सब इंस्पेक्टर का पद बहुत छोटा महसूस कर रहे हैं, परंतु वे विवश हैं।)*

प्रताप : नहीं···नहीं बहुत है···मेरे लायक··· *(सर्वथा उपर्युक्त··· संतोष)* मैंने तो देश की आजादी की लड़ाई में ही ग्रेजुएशन किया है। प्रताप यह कहता हुआ पुनः मेज पर रखी, उस पोटली को सँभालता है···

मंत्रीजी *(पोटली की ओर देखते हुए)* : प्रताप, इसमें क्या है··· ? वातावरण गंभीर हो जाता है। यानी एक रहस्य खुलनेवाला है···एक महत्त्वपूर्ण रहस्य। प्रताप गंभीर हो जाता है तथा धीरे-धीरे पोटली को खोलता है। पोटली खुल रही है। उसमें तिरंगा झंडा दिखता है और उसके हाथ से आदर सहित निकालते हुए प्रताप···मेरा पाथेय···और उसी पोटली में से निकल कर दो-तीन रोटियाँ, जो एक-दूसरे से लिपटी हैं, बासी होने के कारण सूख तथा अकड़-सी गई हैं, लुढ़ककर भूमि पर गिर जाती हैं।

'पुलिस ट्रेनिंग कॉलेज, मुरादाबाद' ट्रेनिंग कॉलेज, मुरादाबाद का बड़ा गेट, जिस पर अंग्रेजी में लिखा है, जिसमें अन्य वर्दीधारी प्रशिक्षणार्थियों के साथ प्रताप अंदर जा रहा है।

प्रताप नेकर-बनियान पहनकर साथियों के साथ सुबह-सुबह पी.टी. करता है, दिन में फुटबाल खेल रहा है। ऊँची कूद, लंबी कूद, कुश्ती, परेड ड्रिल कर रहा है और समय तेजी से निकल रहा है।

पुलिस सम्मेलन का दृश्य, जहाँ पुलिस के सभी वरिष्ठ अधिकारी तथा प्रशिक्षणार्थी आते हैं और अधिकारियों द्वारा प्रशिक्षणार्थियों को संबोधित किया जाता है। पंक्तिबद्ध होकर कैडेट आ रहे हैं, भूमि पर बिछी दरी पर अपना स्थान ग्रहण करने···पहले से भी आकर कुछ कैडेट बैठे हैं···धीरे-धीरे सारे कैडेट पालथी मार कर बैठ जाते हैं। उनका स्वागत

उस्ताद हवलदार···, "ज···वा···न···सा···व···धा···न···" सभी कैडेट बैठे-बैठे सभी सावधान हो जाते हैं। स्वागत बिगुल गूँजता है और वर्दी में पुलिस अधिकारी एस्कॉर्ट कर के मुख्य अतिथि को ला रहे हैं। प्रताप की आँखों के सामने मुख्य अतिथि का चेहरा आता है। वातावरण शांत व गंभीर हो जाता है···प्रताप का चेहरा, जो उस अधिकारी को देखकर चौंक-सा गया है···कुछ याद करना चाह रहा है···जैसे पहले उसने कहीं इन्हें देख रखा है···प्रताप की बगल बैठा साथी आते हुए और फिर आकर बैठते हुए उस अधिकारी के चेहरे और कभी प्रताप के अवाक् चेहरे को पढ़ रहा है···प्रताप याद कर रहा है···अपने दिमाग पर बल दे रहा है *(उद्विग्न-परेशान-द्वंद्व)* प्रधानाचार्य मुख्य अतिथि का स्वागत खड़े होकर करते हैं और माइक पर कहते हैं···

प्रधानाचार्य : आज हमारे बीच हमारे प्रदेश के सर्वोच्च पुलिस अधिकारी, हमारे जवानों का मनोबल बढ़ाने आए हैं। अपने तीस वर्ष की पुलिस की नौकरी में···*(गंभीर वातावरण)* प्रताप सुन रहा है। वातावरण और भी गंभीर हो जाता है। प्रताप को याद आ रहा है चलचित्र के समान उसकी आँखों के सामने अपना स्वतंत्रता आंदोलन, जिसमें प्रताप तिरंगा झंडा लिये प्रदर्शन कर रहा है···केवल गंभीर वातावरण। किसी की आवाज नहीं। मात्र कभी-कभी आंदोलन के नारों की आवाज प्रताप के कानों में आती है।

मुख्य अतिथि माइक पर कुछ बोल रहे हैं और प्रताप सोच रहा है, पुरानी स्मृति आंदोलन और उसमें वही अधिकारी घोड़े पर सवार होकर कोड़े से क्रांतिकारियों को मार रहा है···कुचल रहा है···प्रताप परेशान है। उनके चेहरे, माथे पर पसीने की बूँदें कार्यक्रम कब समाप्त हो गया प्रताप को पता ही नहीं चला। सभी कैडेट उठकर जा रहे हैं, पंक्तिबद्ध होकर प्रताप भी, पर प्रताप की नजरें उसी अधिकारी पर हैं। प्रताप जा रहा है, पर

मुड़कर उसी को देख रहा है···किंकर्तव्यविमूढ़···हतप्रभ···

सभी बैरक में पहुँच रहे हैं। प्रताप भी···सभी जाकर अपने-अपने तख्तों/बिस्तरों पर बैठ रहे हैं, जूते उतार रहे हैं। कोई बनियान उतार रहा है। धीरे-धीरे सायंकाल हो रहा है। सूर्य अस्त। सभी कैडेट तैयार होकर खाने जा रहे हैं। प्रताप अपने बिस्तर पर करवट लिये बैठा चिंता में है··· यह क्या? देश की गुलामी की जंजीर में जकड़नेवाले इन अधिकारियों की मातहती में उसे नौकरी करनी होगी···? और कलावती की आवाज गूँजती है। अभी कुछ नहीं बदला है। सब वैसा ही है प्रताप यही सोचते-सोचते वैसे ही बैठा रहता है, सब लोग खाकर लौट आते हैं और प्रताप को चुपके-चुपके देखते हैं पर कुछ नहीं कहते। प्रताप का एक दोस्त जावेद, प्रताप को देखकर उसके पास आता है।

जावेद : प्रताप, क्या बात है, तुम खाने क्यों नहीं गए? आज स्पेशल था··· यार बड़ी बढ़िया खीर बनी थी··· *(प्रताप शांत व चिंतित है, जावेद की बातों को जैसे सुन ही नहीं रहा है)*

जावेद : क्या सोच रहे हो···? क्या हो गया है तुम्हें···प्र···ता···प··· क्या पागल हो···? *(प्रताप के चेहरे पर आक्रोश आ रहा था···वह कुछ बोलना चाहता है)* क्या हुआ प्रताप, बोलो···क्या कहना चाहते हो *(यह कहते हुए वह प्रताप के दोनों कंधों को अपने हाथों से पकड़कर झकझोरता है)*

प्रताप : *(आक्रोश में वह कुछ कह पा रहा है आँखें लाल हैं)*··· क्या···इन्हीं लोंगों की मातहती में हमें नौकरी करनी होगी···? इन्हीं लोगों की, जिन्होंने···हिंदुस्तान की आजादी की लड़ाई लड़नेवालों पर गोलियाँ बरसाई थीं···उन्हें कोड़ों से पीटा तथा घोड़ों के तले रौंदा···? *(आक्रोश)*

जावेद : क्या बक रहे हो···? कौन लोग···? किसने कोड़े

बरसाए ?···किसने रौंदा ···प्र···ता···प··· ?

प्रताप : आज के सम्मेलन के मुख्य अतिथि की बात कर रहा हूँ मैं···अपने प्रदेश के सर्वोच्च पुलिस अधिकारी की बात···आजाद भारत के सर्वश्रेष्ठ पुलिस अधिकारी का तमगा पानेवाले पुलिस अधिकारी की बात कर रहा हूँ मैं···हिंदोस्तान को गुलामी की जंजीरों में सैकड़ों वर्षों तक जकड़े रखनेवाले उन फिरंगियों के साथ रहनेवालों जल्लादों की बात कर रहा हूँ मैं···।

जावेद : प्रताप, थोड़ा शांत हो···जज्बात में मत बहो···सब जानते हैं यह बात। अब इन बातों को दोहराने से क्या मिलेगा ? तुम अतीत को अपने जीवन का आदर्श कब तक बनाए रखोगे··· ? हमारी तरह यह भी आजाद देश के नागरिक हैं और जानते हो, यह वह अधिकारी हैं, जिनके हस्ताक्षर से तुम नौकरी में आए हो और उसी के हस्ताक्षर से तुम्हारी नौकरी किसी भी समय खत्म हो सकती है।··· *(हताश···चिंता···आक्रोश···)*

ट्रेनिंग कॉलेज के परेड ग्राउंड का दृश्य। सुबह हो रही है, जाड़े का मौसम है। अभी कोहरा ठीक से नहीं हट पाया है चारों ओर धुँधलका है इसी में कैडेट वर्दी में पंक्तिबद्ध होकर टुकड़ियों में ड्रिल कर रहे हैं···कोहरे में आवाज गूँज रही, उस्ताद ड्रिल करा रहा है···

उस्ताद : जवा···न···सावधान···! दाहिने से तीनों तीन में तेज चलेगा···तेज चल *(तीन पंक्तियों की एक टुकड़ी, जिसके सबसे आगे दाहिने और प्रताप खड़ा है चल देती है···लेफ्ट···राईट···लेफ्ट···राईट··· लेफ्ट···राईट···अटे···नशन···यह सुनकर टुकड़ी रुक जाती है···)।*

उस्ताद : जवानों, आज ड्रिल का सातवाँ अध्याय आपको बताया जाएगा···" *(उस्ताद की भाषा में अंग्रेजी की नकल करके बोलने जैसा लहजा है, जो इस बात का संकेत करता है कि अंग्रेजी के प्रशिक्षण/ड्रिल*

देने को श्रेष्ठ माना गया है और इसी परंपरा से प्रभावित होकर उस्ताद ड्रिल सिखा रहा है…)

उस्ताद : पीछे वाला जवान अपने आगे वाले जवान का सिर देखेगा…केवल सिर…निगाहें केवल सिर पर, इधर-उधर नहीं, भले ही बगल से आँधी और तूफान आ रहा हो…और कंधा चौड़ा कर अपने आगे वाले जवान की चाल से चाल मिलाकर चलेगा…याद रहे, पूरी टोली सबसे आगे दाहिनी ओर खड़े जवान के मूवमेंट से आगे बढ़ेगी और उसी के साथ दाहिने या बाएँ मुड़ेगी…। *(ड्रिल का समय समाप्त हो जाता है और टोली मैदान से बाहर चल देती है, उसी प्रकार तेज चाल मिलाते हुए…)*

मैदान से बाहर आकर शस्त्रागार के सामने टोली खड़ी होती है और प्रताप के पीछे एक-एक करके एक पंक्ति में होकर अपनी बंदूकों को जमा करके लौटती है। बंदूक जमा करने के बाद जवान अपनी साधारण चाल में मेस की ओर जा रहे हैं। शायद उन्हें भूख तेजी से लग रही है कैडेट तैयार होकर मेस में आ रहे हैं, वर्दी पहने प्रताप भी उनमें है। मेस के बाहर प्रताप आता है और दीवार पर लगी खूँटियों में अन्य कैडेटों के समान अपनी कैप भी टाँग देता है…अपने चमड़े की बेल्ट भी उतारकर मेज पर रखता है, जहाँ पहले से और लोगों की बेल्ट, कापी, पेन रखे हैं… इसके बाद वह मेस के अंदर खाना खाने के लिए घूमता है और चिंतित भाव में भोजन करता है।

प्रधानाचार्य के कमरे में से एक अर्दली एक लिफाफा लेकर निकल रहा है। लिफाफा एक रजिस्टर में रखता हुआ, वह तेजी से आगे बढ़ रहा है और आगे बढ़ता हुआ बरामदे की सीढ़ियों पर चढ़ता हुआ मेस की ओर जा रहा है। उसकी चाल के साथ-साथ वातावरण और गंभीर हो जाता है।

मेस की टेबिल पर अन्य साथियों के साथ बैठकर प्रताप भोजन कर रहा है। मेस से खिड़की के बाहर गलियारा दिख रहा है, जिसमें से वर्दी में पगड़ी बाँधे वही सिपाही तेज चाल में आता हुआ दिखाई देता है···कुछ कैडेट, जो अब तक आपस में बातें कर रहे थे, उस आदमी को देखते है वातावरण गंभीर हो जाता है। जावेद, प्रताप के सामने बैठा खा रहा है तथा दोनों ध्यान से बाहर आकर खड़े उस सिपाही को खिड़की से देख रहे हैं, जो गलियारे मे से जाते हुए एक अन्य कैडेट से कुछ पूछ रहा है। वह कैडेट वहीं से इशारा करके प्रताप को बुलाता है···प्रताप थोड़ा–सा परेशान होता है और जावेद को देखता हुआ उठता है···जावेद भी प्रताप को देख रहा है (भय) क्योंकि वह सिपाही प्रधानाचार्य के कार्यालय का सिपाही है, जिसका इस प्रकार मेस में आना शुभ नहीं होता है।

प्रताप *(जावेद से)* : मुझको ही बुला रहा है ?

जावेद : हाँ शायद···जाकर देखो··· ।

प्रताप उठकर बेसिन में हाथ धोता है और मेस के दरवाजे से रूमाल से हाथ पोंछता हुआ बाहर निकलता है। जावेद देख रहा है कि प्रताप उस सिपाही से बात कर रहा है और सिपाही बात करके वापस चल देता है सिपाही चला जा रहा है परंतु प्रताप अभी भी खड़ा है। जावेद यह देखकर समझ जाता है कि कोई अच्छा समाचार नहीं है और जल्दी से खाना छोड़कर उसी प्रकार बेसिन में हाथ धोकर बाहर आता है, प्रताप के पास आकर···

जावेद : क्या बात है प्रताप··· ?

प्रताप : अर्दली रूप में पेशी है मेरी··· ।

जावेद : पर क्यूँ ? (जावेद परेशान है)।

प्रताप : नहीं पता। कुछ गंभीर है। (जावेद आगे बढ़कर प्रताप का हाथ पकड़कर)।

जावेद : चलो···बैरक में चलते हैं···अखबार शाम को देखेंगे··· ।

प्रात:काल पुलिस बिगुल बजने की आवाज आ रही है। प्रधानाचार्य कक्ष के सामने पारंपरिक सेरेमोनियल ड्रेस में पगड़ी बाँधे एक सिपाही अटेंशन की मुद्रा में खड़ा बिगुल बजा रहा है। प्रताप वर्दी पहने कुछ दूर हटकर अकेले उसी प्रकार सीधे खड़ा हैं। प्रधानाचार्य के कमरे के बाहर खड़ा अर्दली प्रताप से इशारे से अंदर आने को कहता है। प्रताप सीधी चाल से प्रधानाचार्य के कमरे में जा रहा है।

प्रधानाचार्य का कमरा। एक कुरसी पर मेज के सामने प्रधानाचार्य, जिनकी आयु कोई 50 वर्ष है, बैठे हैं। प्रताप कमरे में घुसकर उन्हें सैल्यूट करता है। प्रधानाचार्य के बगल में 25-30 वर्ष का एक और वरिष्ठ अधिकारी बैठा है, उप-प्रधानाचार्य *(एल्बर्ट भारतीय ईसाई है)*

उप-प्रधानाचार्य : कैडेट प्रताप, तुम्हारे ऊपर आरोप है कि तुमने अपने साथी कैडेट के साथ पुलिस व्यवस्था के प्रति असंतोष प्रदर्शित किया, उन्हें भड़काया। यू शोड इनडिसीप्लिन।

प्रताप : नहीं, सर।···न तो मैंने अपने साथियों में कोई ऐसी बात कही और न ही उन्हें भड़काया है। मैंने तो यदि अपने साथियों से कुछ कहा तो अपनी भावना को केवल अभिव्यक्त किया। क्या यही मेरा अपराध है? क्या यह भड़काना है? क्या अपने हृदय में उठती ज्वाला को, अपने दिमाग में बढ़ते हुए द्वंद्व को अपने साथ रहने वाले साथियों को बताना इनडिसीप्लिन है? (*प्रधानाचार्य कुछ बोल नहीं पाता है।*)

उप-प्रधानाचार्य : हाँ प्रताप, यह ट्रेनिंग कॉलेज है। यहाँ तुम्हारा हर एक साथी, तुम्हारे साथ रहनेवाला हर एक व्यक्ति सबसे पहले एक

पुलिस ऑफिसर है, इसके बाद कुछ और···कॉलेज की इस बाउंड्री के भीतर ही क्या, बाहर भी तुम्हें यहाँ के नियमों का पालन करना होगा।

प्रताप : मैंने स्वतंत्रता की लड़ाई लड़ी है सर, और मैंने देखा है कि कैसे अपने देशवासियों ने अपने भाइयों को यातनाएँ दीं, उन्हें बेतों से पीटा, उन्हें फाँसी दिलवाई। फाँसी पर चढ़ाए जानेवाले लोगों के इनकलाब और तेल में भीगे हुए बेतों की आवाजें···और उन रातों को भी मैं नहीं भूला जो मैंने बेड़ियों में रहकर खड़े होकर, भूखा-प्यासा रहकर जेल की सींखचों के पीछे बिताई हैं। उन जुल्मों के एक-एक चेहरे आज भी मेरी आँखों के सामने हैं।

उप-प्रधानाचार्य, जो प्रताप की बातों में दर्द का अनुभव स्वयं ही महसूस कर रहा है···मानो वह भी खो गया हो प्रताप के साथ···

उप-प्रधानाचार्य : प्रताप, अपनी मानसिकता बदलो पुलिस की नौकरी भावनाओं में बहकर नहीं हो सकती। शासन में रहकर उनके आदेशों का पालन करना यही कर्तव्य है हमारा, और इस कर्तव्य को चाहे आजादी के पहले ही यदि किसी ने निभाया है तो वही सच्चा पुलिस अधिकारी है।

प्रताप किंचित् आश्चर्य में ध्यान से उप-प्रधानाचार्य की बात सुन रहा है। वह कुछ कहना चाहता है, परंतु उप-प्रधानाचार्य बीच में ही बोल पड़ता है···जो बात तुम कहना चाहते हो, उसका जवाब मैंने दे दिया है··· यह पहली घटना है···अगर तुमने फिर अपना यही रवैया रखा तो दुबारा तुमको माफ नहीं किया जाएगा···इस बार केवल 14 दिनों की दलेल के साथ तुम्हारी ट्रेनिंग 2 महीने के लिए और बढ़ाई जाती है। प्रताप प्रधानाचार्य की बात/निर्णय सुनकर चुपचाप सैल्यूट करके कमरे से बाहर निकलता है। वातावरण जो गंभीर था, मार्मिक हो जाता है।

कमरे के बाहर होकर वह सीधे कुछ सोचते हुए तेजी से बैरक की ओर बढ़ रहा है। उसके कानों में प्रधानाचार्य की आवाज गूँज रही है···“जो बात तुम कहना चाहते हो, उसका जवाब मैंने दे दिया है···अगर फिर अपना यह रवैया रखा तो दोबारा तुमको माफ नहीं किया जाएगा···दोबारा तुमको माफ नहीं किया जाएगा···”

प्रताप निढाल बैरक में लौटता है और उसके बिस्तर पर बैठ जाता है। बैरक में और कोई साथी नहीं है। सभी बिस्तर खाली हैं, केवल प्रताप है···अकेला प्रताप···उसके अन्य साथी परेड में गए हुए हैं···थोड़ी देर में बाहर से पैदल चलनेवाले बूटों की आवाज आ रही है, जो धीरे-धीरे तेज हो रही है और इनके साथ प्रताप की व्यथा··· द्वंद्व और बढ़ रही है। कैडेट परेड से लौटकर वापिस बैरक में आते हैं··· जावेद भी और प्रताप को परेशान देखकर उसके पास आता है···

जावेद : प्रताप···क्यों बुलाया था···? क्या गलती थी तुम्हारी···? क्या कहा प्रधानाचार्य ने···?” पर प्रताप कुछ जवाब नहीं देता है···केवल जावेद को देखता है···जावेद प्रताप को देखकर समझता है कि प्रताप परेशान है, बहुत परेशान है ···।

जावेद : प्रताप चलो आज बाहर चला जाए···” और प्रताप का हाथ पकड़कर उसे उठाता है। प्रताप कुछ सोचकर उठ लेता है। बैरक में अपने जूते, कपड़े उतारते हुऐ अन्य साथी दोनों को देखते हैं, परंतु साहस नहीं कर पाते प्रताप से या जावेद से पूछने का। सबको अंदाजा लग गया था कि प्रताप को कोई सजा जरूर मिली है···

एक पार्क का दृश्य सायंकाल हो रहा है···प्रताप और जावेद पार्क में घूम रहे हैं

जावेद : मैं जानता था···एक-न-एक दिन तो यह होना ही था···तुम

क्या समझते हो कि सभी तुम्हारे जज्बात की कद्र करते हैं··· ? हूँ···बैरेक में जो तुम्हारे साथ रह रहे हैं···तुम्हारी बातों को तुम्हारे पास बैठकर सुनते हैं तो केवल इसलिए कि बाद में जाकर वह तुम्हारी हँसी उड़ा सकें···तुम जानते हो इसलिए कितनी बार मुझे लड़ना पड़ा इन लोगों से··· ?

प्रताप, *(आश्चर्य, दुःख)*··· : पर तुमने आज तक बताया क्यों नहीं

जावेद : इसलिए···कि मैं···क्रांतिकारी प्रताप को खत्म नहीं होने देना चाहता था···शायद यही गलती थी मेरी···

प्रताप अपने में मुस्कुराता है और व्यंग्य सा करता है, मैं शायद इसे भी जेल समझ रहा था, इसमें रहनेवाले साथियों को स्वतंत्रता की लड़ाई लड़नेवाला सोच रहा था···मैं भूल गया था कि आजाद हिंदुस्तान के लोगों के साथ आजाद देश में रह रहा हूँ···क्या पराधीन देश में···जेल की सलाखों के पीछे आजादी की लड़ाई लड़नेवाले पराधीन देश के भारतवासियों में जितना प्रेम, सद्भाव तथा दूसरे का कष्ट का अनुभव करने का भाव था वह आजाद देश में समाप्त हो गया है। प्रताप यही सोचते–सोचते बैरक में लौट रहा है।

ट्रेनिंग कॉलेज में बैरक का दृश्य—रात्रि है। सभी कैडेट अपना सामान बाँध रहे हैं, क्योंकि कल सुबह तड़के उन्हें अपनी नियुक्ति के स्थानों पर जाना है···उनकी ट्रेनिंग पूरी हो गई है···वे आपस में बात कर रहे हैं···"तुम्हारी पोस्टिंग बढ़िया है···अपने घर के पास रहोगे···मैं तो पहाड़ में···आज तक पहाड़ देखा भी नहीं···काम भी क्या होगा पहाड़ में··· पहाड़ पर आराम करूँगा···"सबकी बातें प्रताप के कानों में आ रही हैं, जो अपने बिस्तर पर बैठा अपने पैर में तेल लगाकर मालिश कर रहा है··· शायद उसके पैरों में बहुत दर्द है···वह अपने साथियों को यह आभास नहीं होने दे रहा है कि वह उनकी बातों को सुन रहा है या उन्हें देख भी रहा है

और उनसे आँख बचाकर वह सामान बाँध रहे अपने साथियों को भरी हुई दु:खी आँखों से देख रहा है···जावेद भी तैयारी कर रहा है···वह प्रताप की मनोव्यथा को समझ रहा है···प्रताप उसको भी देख लेता है। कभी-कभी और जावेद भी प्रताप को देख लेता है, पर न तो प्रताप भी यह जानता है कि जावेद उसे देख रहा है और न ही जावेद कि प्रताप उसे देख रहा है। सामान बाँधकर आखिर सभी सो जाते हैं···प्रताप भी लेटा है, पर उसे नींद कहाँ? इसी प्रकार रात बीत जाती है। भोर होनेवाली है। जावेद भी जग रहा है, उसी मुद्रा भाव से जैसे प्रताप···प्रताप अँधेरे से उठकर बैरक से निकलकर अँधेरे में बाहर आता है, रेलिंग पर हाथ रखकर खड़ा होता है··· शांत···गंभीर···करुणा।

प्रताप रेलिंग पर हाथ रखे खड़ा है और सोच रहा है···चिंता दु:ख, करुणा··· दारुण दशा कि पीछे से जावेद आकर उनके कंधे पर हाथ रखता है। प्रताप तो पहले चौंक जाता है फिर पकड़ से समझ जाता है कि यह जावेद ही होगा। अत: बिना मुँह घुमाए चुपचाप खड़ा उसी प्रकार शून्य में देखता रहता है। वातावरण में करुणा है।

जावेद *(भावुक होकर धीरे से फुसफुसाते हुए)* : "···प्रताप ··· ?"

प्रताप : यह सब क्यो हो रहा है···मैं किस अपराध की सजा भुगत रहा हूँ, कैसे बीतेंगे ये दिन··· ?

जावेद : तुम मन लगाकर अपनी ट्रेनिंग पूरी कर लो···इस स्कूल में तो केवल डिसीन्लिन सीखना है तुम्हे···कर्म योद्धा बनकर यहाँ से निकलना है···इस लायक बनकर कि कर्म भूमि में खड़े हो सको···और कर्म भूमि तो ट्रेनिंग के बाद आएगी प्रताप। जिम्मेदारी और कर्तव्यों के साथ होगा, तुम्हारा वजूद···तुम्हारे अपने सिद्धांत, तुम्हारा अपना पाथेय···। मैं जा रहा हूँ···पल-पल अपनी कर्मभूमि में तुम मुझे हमेशा अपने साथ पाओगे···

अपने साथ…! *(कहकर जावेद ड्रिल के लिए चल देता है)*

कोहरा, भोर। ट्रेनिंग कॉलेज गेट के अंदर पुलिस ट्रक खड़ी है…सभी कैडेट अपना-अपना सामान उसमें लाद रहे हैं और सामान रखकर उसमें बैठ जाते हैं…तभी एक कैडेट चिल्लाकर बोलता है…, "अरे, जावेद नहीं आया…? दूसरा कैडेट, "उसका सामान तो है…उसने रखा था…कहाँ चला गया…?" ट्रक हार्न बजा रहा है, जावेद को बुलाने के लिए, क्योंकि देर हो रही है…तभी दूर से मैदान की ओर से जावेद आ रहा है, परंतु मैदान की धुंध में एक कैडेट अकेले हाफ खाकी नेकर-बनियान और पूरी बाँह की खाकी जर्सी पहने अपने सिर पर अपना तख्त रखे, तख्त के ऊपर बँधा हुआ बिस्तर तथा बक्सा और उसकी कपड़े में बँधी पोटली, दौड़ता हुआ दिख रहा है। इस आदमी ने अपने सिर पर रखे तख्त को अपने दोनों हाथों से पकड़ रखा है। जावेद ट्रक के पास आ रहा है। पास आकर ट्रक में बैठ जाता है…मैदान में दौड़नेवाला वह व्यक्ति धुंध में छिप गया है, यह प्रताप है। ट्रक चल देता है। धीरे-धीरे गेट से निकल सड़क पकड़कर दूर जा रहा है। जावेद दूर से मैदान में दौड़ते हुए प्रताप को देख रहा है, तब तक जब तक वह उसकी आँखों से ओझल नहीं हो जाता है।

पुलिस ट्रेनिंग कॉलेज की इस घटना के विषय में पिताजी ने मुझे बताया था। वे इस बात से दुःखी थे कि अंग्रेजों के चाटुकार एक पुलिस अधिकारी के हस्ताक्षर से उन्हें नौकरी मिली है। पुलिस ट्रेनिंग कॉलेज में वे हाथ से लिखी एक परची लेकर आए थे। उन्हें पता ही नहीं था कि एक सेनानी को दरोगा बनाने के लिए, आजाद देश की सेवा करने का अवसर देने के लिए किसी पुलिस अधिकारी के हस्ताक्षर चाहिए; वह भी जिसने अंग्रेजों का साथ दिया हो। यह बात उनके दिल में घर कर गई और उन्होंने पुलिस ट्रेनिंग कॉलेज कार्यालय में जाकर अपनी फाइल माँगी तथा उसमें लगा अपना नियुक्ति-पत्र सबके सामने फाड़ दिया और कहा कि ऐसे

अधिकारी के हस्ताक्षर से लगी नौकरी पर लानत है। उस समय का बाबू प्रताप की भावना को समझ रहा था और उसने इस बात को किसी को नहीं बताया। जब 1964 में पिताजी की पदोन्नति होने जा रही थी तो उनका नियुक्ति-पत्र ढूँढ़ने पर किसी को नहीं मिला, तब मजबूरी में उस समय के पुलिस महानिरीक्षक श्री ओंकार सिंह ने पिताजी से सबकुछ सुनकर उनका नियुक्ति-पत्र लगभग 10-12 साल पुरानी तिथि से, अर्थात् जब वे नौकरी में आए, जारी किया था, जो पुलिस के इतिहास में कभी नहीं हुआ।

प्रताप का गाँव—प्रताप के गाँव का दृश्य…सुबह हो गई है…सूरज ऊपर चढ़ रहा है। पेड़ों की छाँव में होता हुआ एक खाकी कपड़े पहने एक पोस्टमैन साइकिल पर आ रहा है, पोस्टमैन कुछ मस्ती में है तथा गुनगुना रहा है। एक वृद्ध आदमी दिखाई पड़ता है, जो पोस्टमैन से पूछता है कि क्या उसके लिए कोई पत्र आया है, परंतु पोस्टमैन 'नहीं' कहता हुआ आगे बढ़ जाता है और वह साइकिल से उतरकर साइकिल खड़ी करके पैदल चलता है कि एकाएक कैमरे में संतो का पूरा चेहरा आता है, जो अर्ध विक्षिप्त सी अस्त-व्यस्त हालत में है। बाल भी ठीक से सँवरे नहीं है, पोस्टमैन को देख रही है। मुँह से कुछ नहीं कहती है, पर उसके हाव-भाव को आसानी से पढ़ा जा सकता है। उसे इंतजार है किसी का, पर आँखों में उदासी…संतो को देखकर एकाएक ठिठक कर रुक जाता है…आँखें मायूसी से नीचे गिरा लेता है और हताश स्वर में अपराधी के समान बोलता है।

पोस्टमैन : तेरी चिट्ठी…आज…भी नहीं संतो… यह कहता हुआ पोस्टमैन उसी तरह से आगे बढ़ रहा है…संतो उसे मुड़कर तब तक देख रही है, जब तक वह बहुत दूर नहीं हो गया। संतों की निगाह गाँव की एक गली के मोड़ पर कलावती के चेहरे पर पड़ती है जो प्रसन्न व सजी हुई है। साफ-सुथरे वस्त्र…माथे पर बिंदी, माँग में सिंदूर, वह आगे आ रही है पोस्टमैन की ओर…

कलावती : भइया, शहर से कोई खबर आई है क्या··· ?

पोस्टमैन : हाँ बहन···प··र···ता··प··भइया की चिट्ठी आई है, वह कलावती को दे देता है। प्रसन्न कलावती पत्र को थाम लेती है···कलावती के हाथों में चिट्ठी है···संतो, कलावती को देख रही है···संतो के चेहरे पर ऐसा भाव है कि मानो वह कलावती से पूछ रही है कि उसका पति जो प्रताप के साथ गया था, क्यों नहीं लौटा···और कलावती···मानो संतो की इस हालत का अपने पति को···अपने आप को जिम्मेदार समझ रही है··· पर कलावती के पास संतो के प्रश्न का कोई उत्तर नहीं है···दोनों निःशब्द हैं···। सहसा कलावती अपने पर संयम रखते हुए, मुँह नीचे करके मुड़ जाती है तथा मुड़ने के पहले मुँह उठाकर संतो को देख लेती है···करुणा··· प्रश्न···मनोव्यथा···आत्मग्लानि, पोस्टमैन इस बीच खड़ी साइकिल को स्टैंड से उतारकर हाथ से ढकेलता हुआ चल देता है···कलावती हाथ में पत्र लिये आ रही है और संतो उसे देख रही है।

कलावती अपने घर के ओसारे में दो तीन सीढ़िया चढ़ते हुए घुस रही है। उसके हाथ में चिट्ठी है।

पिताजी ने संतो के विषय में तो बताया था कि उसका पति उनके साथ मेजा रोड गया था, परंतु उसको भी पिताजी ने अन्य लड़कों के साथ घर जाने के लिए कहा था। पिताजी के साथ उनके गाँव का कोई भी व्यक्ति मेजा रोड जलाने के बाद आगे नहीं गया, क्योंकि पिताजी नहीं चाहते थे कि उनके पिता फरंगइया महाराज को गाँव या रिश्तेदारी के लोग उलाहना दें कि प्रताप उनके बच्चों को भड़काकर अपने साथ ले गया। प्रताप को इस यात्रा का अंत भी पता था। अतः उन्होंने अपने ममेरे भाई को भी, जो उनके साथ आगे जाना चाहते थे, लौटा दिया था। संतो किस गाँव की थी, न हमने कभी पूछा न पिताजी ने कभी बताया। पिताजी के

क्रांतिकारी साथी दूर-दूर के गाँवों के थे, जो चुपचाप गुप्त स्थानों में मिलते थे और वे सभी अंग्रेजी शासन का अंत अपने प्राणों की आहुति देकर करने की प्रतिज्ञा लेकर निकले थे। संतो की व्यथा को बताते हुए कहते थे, "कितने सेनानी मारे गए, उनके परिवार उजड़ गए, इसकी गिनती नहीं की जा सकती। जो सेनानी समाचारों में आए या जिनका आधा-अधूरा रिकॉर्ड कहीं मिला—अदालत में या जेल में, उसी को लोग जान सके।" पिताजी ने बताया था कि क्या-क्या अपराध उनके खिलाफ लिखे गए, उन्हें नहीं पता। जब ट्रायल होते और जज बताता था कि उनके ऊपर क्या आरोप पुलिस ने लगाया, तब उन्हें पता चलता था। MISA तथा DIR उनके ऊपर हर मुकदमे में लगाया गया, चाहे रेलवे स्टेशन जलाने, करेंसी जलाने, लोगों को कविता व भाषण से उत्तेजित कर ट्रेन की प्रथम श्रेणी की बोगी जलाना, घर पर उन्हें पकड़ने आई पुलिसवालों को ढकेलकर गिराकर चोट पहुँचाकर भागने को लेकर, चाहे किसी पुलिसवाले को मड़ार (सूखे कुएँ) में ढकेलना हो। काला पानी, फाँसी, दोनों सजाएँ उन्हें सुनाई गई थीं। उन्होंने इसके खिलाफ कोई प्रतिवाद नहीं किया था। अंग्रेज ही अपने आदमी को अदालत में हमारा वकील नामित कर देते थे, जो हमें बचाने नहीं, सजा दिलाने में अधिक रूचि लेता था।

ट्रेनिंग कॉलेज के क्लास का दृश्य

जहाँ प्रताप बैठा है⋯उसके सामने मेज पर कुछ पुस्तकें रखी हैं⋯ प्रताप कुछ सोच रहा है और उसके मन में एक आवाज गूँजती है⋯"आज तुम्हारी सजा पूरी हो रही है⋯आज तुम्हारी ट्रेनिंग का आखिरी दिन है⋯ प्रताप, आज तुम्हारी सजा⋯पूरी हो रही है⋯तुम्हारी सजा पूरी हो रही है" चुपचाप बैठा है⋯धीरे-धीरे वह सोचना छोड़ता है, उसका हाथ हरकत में आता है⋯वह दाहिने हाथ में पेन लेकर फाइल से एक पन्ना निकालकर

चिट्ठी लिखने लगता है···आज मेरी सजा पूरी हो रही है···सजा··· मेरे···किस अपराध की··· ? मैं अभी तक ठीक से नहीं समझ सका··· अपराध··· ?···क्या सैकड़ों वर्ष की गुलामी की जंजीरों में जकड़नेवाले फिरंगियों का साथ देनेवालों उन दरिंदों को पहचानना अपराध है··· ?

इतने में शांति भंग होती है और दरवाजे पर किसी के आते हुए पैरों की आवाज आती है···प्रताप दरवाजे की ओर देखता है···दरवाजे पर एक अर्दली आता है।

अर्दली *(प्रताप को देखते हुए)*···"आपको उप-प्रधानाचार्य ने बुलाया है···"

यह कहकर मुड़कर चला जाता है···प्रताप धीरे-धीरे अपने फाइल ठीक करता है और पुस्तकें आदि समेटकर कमरे से बाहर निकलता है।

उप-प्रधानाचार्य के कमरे का बाहर का दृश्य। कमरे के बाहर बोर्ड पर अंग्रेजी में लिखा है 'एल्बर्ट पिंटो, वाइस प्रिंसिपल···'प्रताप दूर से उसी ओर आता है। वह कक्षा के पास 4-5 सीढ़ियों पर चढ़कर बरामदे में आता है···बरामदे में दो-तीन और पुलिस अधिकारी खड़े हैं, वर्दी में। आपस में बात कर रहे हैं, आखिर उम्र भी तो कुछ होती है···50 वर्ष हो रहा था। दिन-रात की मेहनत में तनाव···आखिर बुढ़ापा तो आ ही गया था···देखो क्या होता है, पहला अटैक है···शायद बच ही जाए···अभी घर की सारी जिम्मेदारी उन पर···एक लड़की की शादी ही कर ली होती··· शांत वातावरण···प्रताप उनकी बातें सुनता है, कुछ परेशान चौंकता है··· उत्सुकता से पूछने के लिए उनके कुछ पास आकर प्रताप बोलता है *(उसकी भवें तनी हैं माथे पर लकीरें पड़ गई हैं···)*

प्रताप, "क्या किसी को···किसी की तबीयत खराब है··· ?"

साथी, "हाँ तुम्हें नहीं मालूम··· ? प्रधानाचार्य को हार्ट अटैक हो गया।"

प्रताप, "कब··· ?"

साथी, "आज सुबह···भोर में···अस्पताल में भरती है।"

प्रताप चिंतित हो जाता है।

प्रताप, "उनका परिवार उनके साथ है न··· ?"

अर्दली, "उसी की चिंता से तो यह हाल हुआ है···पूरा परिवार। अभी बिल्कुल कच्ची गृहस्थी है···अपना मकान तक नहीं, तीन-तीन लड़कियाँ शादी के लिए पड़ी है" *(शांत···गंभीर···वातावरण)*

कुछ देर में कमरे के बाहर खड़ा अर्दली कमरे का दरवाजा खोलता हुआ प्रताप को भीतर आने का इशारा करता है। प्रताप उन लोगों (सिपाही व साथियों) से मुश्किल से इशारे से विदा लेते हुए, जैसे वह जाना नहीं चाह रहा है। कमरे की ओर बढ़ता है और कमरे में प्रवेश करता है।

उप-प्रधानाचार्य का कक्ष। उप-प्रधानाचार्य कुरसी पर बैठे हैं। मेज के सामने दरवाजे से प्रताप घुसता है। उप-प्रधानाचार्य सिर उठाकर दरवाजे की ओर देखते हैं···प्रताप सैल्यूट करता है···उप-प्रधानाचार्य *(हाथ से प्रताप को इशारा करते हुए)* —बैठो प्रताप···प्रताप आज्ञा का पालन करते हुए बिना कुछ बोले कुरसी पर बैठ जाता है···कैप उतारकर अपने हाथ में लेकर अपनी गोद में रखता है···

उप-प्रधानाचार्य (एल्बर्ट) सिगरेट निकाल कर उसे जलाते हुए और फिर कश लेते हुए बोलता है:—प्रताप तुम जानते हो कि आज हमारे कॉलेज में तुम्हारा आखिरी दिन है ?"

प्रताप : यस सर! आज मेरी सजा का शायद आखिरी दिन है··· *(ऐसा आभास हुआ कि प्रताप अपने ऊपर थोपी हुई सजा के ऊपर कटाक्ष कर रहा है···शांत वातावरण)*

एल्बर्ट : प्रताप, यहाँ जो कुछ भी तुमको सिखाया–पढ़ाया गया, वह तो केवल इसलिए कि तुम कायदा कानून जान सको, पुलिस का··· पुलिस के अधिकारियों का, कर्तव्य जान सको··· पुलिस का डिसीप्लिन···" *(प्रताप डिसीप्लिन शब्द पर मानो हल्का सा चैतन्य होता है और आँखें स्थिर करता है जैसे वह शब्द उसके लिए अत्यंत महत्त्वपूर्ण है और वो इसके बारे में कुछ जानना चाहता है, इससे परिचित तो है ही वह···)*

एल्बर्ट : *कुछ रुक कर*··· हाँ प्रताप डिसीप्लिन··· अनुशासन। पुलिस अधिकारी का दूसरा नाम है ··· इट इज हीज आइडेंटीटी···

प्रताप : कौन सा डिसीप्लिन तोड़ा था मैंने··· सच्ची बात कही थी मैंने वो··· सब जो मैंने अपनी आँखों से देखा था, क्या मेरा यह अपराध था··· जिसके लिए मुझको···

एल्बर्ट : हाँ, सत्य को कहना अपराध नहीं है··· पर अनुशासन की परिधि के बाहर जाना अपराध जरूर है··· चाहे वो सत्य को कहने के लिए ही क्यों न किया गया हो··· कानून की रक्षा करना और कानून को तोड़ने, अपने हाथों में लेनेवालों को सजा दिलवाना, यही ड्यूटी है पुलिस की।

प्रताप : किसका कानून··· किसके द्वारा बनाए गए यह खोखले हैं··· यह अंधे नियम–कानून···

एल्बर्ट : सुनो, प्रताप··· कानून कभी गलत नहीं होता, अंधा भी नहीं होता। लेकिन यह ऐसी जंजीर है, जिसमें गलत को भी बाँधा जा सकता है··· और सही को भी··· ये Human being के construction के लिए भी हो सकता है और उसके Destruction के लिये भी··· अगर उसको यूज करनेवाला आदमी ऑनेस्ट होगा *(प्रताप को ध्यान से देखते हुए)* तो यह देश के लिए, देश की आजादी जिसके लिए तुम लड़े हो, उसको अक्षुण्ण रखेगा··· लेकिन··· अगर इसको यूज करनेवाला डिस्ऑनेस्ट होगा

तो मैन काइंड के लिए यह…एक नासूर की तरह पका हुआ फोड़ा बनकर रह जाएगा…इनसाफ को यह सूली पर चढ़ा देगा और इसे अन्धा कानून कहा जाएगा।

प्रताप : मुझे इस बात का दुःख नहीं है, सर कि मुझे सजा दी गई… मुझे तो केवल दुःख इस बात का है जिस समय मुझे सजा सुनायी जा रही थी…उस समय…उस समय मैंने आपमें विवशता की झलक देखी।

एल्बर्ट नीचे किया हुआ मुँह ऊपर उठाकर प्रताप की आँखों में देखते हुए अंदर से प्रसन्न है: "…प्रताप…अगर तुम सत्य की कसौटी पर खरे उतरे…अपने कॅरियर में…इसी तरह ऑनेस्ट रहे तो तुम्हारा रास्ता अपने आप बनेगा…उस पर खड़ी रुकावटें अपने आप धराशायी हो जाएँगी…उस पर चलते हुए तुम्हें कोई रोक नहीं पाएगा…और उस पर चलते हुए भले ही तुम अपने आप को अकेला महसूस करो, लेकिन तुम्हारे साथ आनेवाला कल…कल की आनेवाली पीढ़ी तुम्हारे पीछे चलेगी… ।" थोड़ी देर बाद प्रताप अपनी कुरसी से उठता है और खड़ा हो जाता है चलने के लिए… उसके चेहरे पर नया आत्मबल है, प्रसन्नता है…वह सैल्यूट करके मुड़कर चार-पाँच कदम आगे बढ़ता है, बाहर जाने के लिए…

एल्बर्ट : सुनो…प्रताप, प्रधानाचार्य साहब पुलिस हास्पिटल में भरती हैं…जाने से पहले आज ही जाकर उनसे मिल लेना… *(यह कहते हुए एल्बर्ट अपना मुँह नीचे कर लेता है। 'उनसे मिल लेना' कहते हुए उसकी आवाज भारी हो जाती है। प्रताप धीरे-धीरे कमरे से बाहर निकलता है।)*

कमरे के बाहर निकलकर प्रताप बरामदे से होता हुआ सीढ़ियों से उतर रहा है मानो उसके पैर उठ नहीं रहे हैं… *(चिंतित)* वह चला जा रहा है…धीरे-धीरे…

पुलिस अस्पताल का दृश्य

.....एक कमरे के दवाजे के समाने बहुत लोग खड़े हैं—कुछ वर्दी में, कुछ सादे कपड़ों में आपस में बातें भी कर रहे है कि अस्पताल की गैलरी में उसी ओर बढ़ता हुआ प्रताप दिखाई देता है...प्रताप धीरे-धीरे संकोच में आगे बढ़ रहा है।

कमरे के बगल में एक ड्यूटी रूम के बगल में बैठे डॉक्टर के पास जाकर प्रताप पूछता है...

प्रताप : प्रधानाचार्य कैसे हैं डॉक्टर साहब ?

डॉक्टर *(मुँह ऊपर उठाते हुए प्रताप को देखकर)*: ठीक है, होश में आए हैं...

प्रताप : मैं उनसे मिलना चाहता हूँ...''

डॉक्टर : नहीं, अभी उनसे मिलने की इजाजत नहीं है। अभी भी उनकी हालत खतरे से बाहर नहीं है... *(फिर कुछ सोचते हुए)* जब जरा सा होश आता है तो कुछ बुदबुदाते हैं। वही नाम लेते हैं बार-बार... ? एक नर्स: ये प्रताप कौन है...उनका लड़का है क्या ? *(प्रताप अपना नाम सुनकर चौंकता है।)*

प्रताप : मैं प्रताप हूँ, सिस्टर।

नर्स: आपका ही नाम ले रहे हैं वो बार-बार, चलिए। प्रताप को अपने साथ चलने का इशारा करते हुए आगे बढ़कर ड्यूटी रूम से आगे बढ़ रही है। प्रताप उसके पीछे-पीछे है।

कमरे का दृश्य.....प्रधानाचार्य एक बिस्तर पर लेटे हैं, आँख बंद किए। उनकी बगल में उनकी तीन पुत्रियाँ एक बेटा 10 से लेकर 18-19 साल के बीच की उम्र के, खड़े हैं। प्रिसिंपल साहब के चेहरे पर जरा सा

चैतन्य का भाव देखते ही उनमें से कोई अपना मुँह उनकी ओर बढ़ाकर उनके चेहरे पर इस आशय से पास देखता है जैसे कि वो चाहते हैं कि प्रिंसिपल साहब होश में आकर कुछ बोलें···प्रताप खड़ा देख रहा हैं···। वे सभी प्रताप को भी देख रहे हैं जो प्रिंसिपल साहब के पैरों के पास खड़ा उन्हें निहार रहा है···उनकी बड़ी लड़की आयु 17–18 वर्ष धीरे-धीरे प्रताप के पास आती है। लड़की प्रताप की आँखों में देखते हुए पास आती है।

लड़की : प्र······ता···प···

प्रताप : हाँ···मैं ही हूँ प्रताप

लड़की : *(भावुक होते हुए)* माफ कर दीजिए पिताजी को···।

प्रताप : *(विस्मित)* क्या कह रही हैं आप··· ? मैं

लड़की : जिस दिन से आपको सजा दी है, उस दिन से ही इनके चेहरे पर अजीब सी उदासी रहती है···कोई दिन ऐसा नहीं बीता जिस दिन आपके बारे में बात न की हो डैडी ने··· *(फिर कुछ शांत होते हुए)* कहते थे मैंने अपने जीवन में सबसे बड़ा अनिष्ट किया है···मुझको इसकी सजा जरूर मिलेगी *(और यह कहते हुए उसकी आवाज भर आई···आँखों में आँसू आ गए)*

प्रताप : *(धीरे स्वर में)* यह क्या कह रही हैं आप··· ? फिर प्रिंसिपल की ओर देखता है फिर उस लड़की की ओर उसकी आँखों में देखते हुए, "नहीं···ये···क्या··· ? अगर ऐसा था···कहा क्यों नहीं मुझसे? क्यों नहीं बताया कि वे···वे भी मजबूर हैं?···उनके हाथ भी बँधे हुए हैं···उनका मुँह सिला हुआ है···परिस्थितियों के सामने लाचार पड़े हैं वो···" यह कहते हुए वह पुनः प्रधानाचार्य की ओर देखता है···"क्या प्रिंसिपल साहब भी लड़ाई लड़ रहे हैं? मेरे साथ और कितने लोग हैं इस संग्राम में?···" *(फिर धीरे-धीरे उधर से मुँह फेरता हुआ उस लड़की ओर देखता है और अपना*

सिर झुकाकर मुड़ता हुआ कमरे से बाहर निकलता है (करुणा··· पीड़ा···) और प्रताप कमरे से बाहर निकल जाता है।···धीरे-धीरे दरवाजा बंद हो जाता है।

रात्रि हो गई है···प्रताप अपने बैरक में अकेला बिस्तर आदि ठीक कर रहा है। बक्से में सामान रख रहा है और अपने झोले में पोटली रखकर उसे अपने बक्से में रख रहा है। वह दुःखी है, पर जाने की तैयारी कर रहा है। कल सुबह ही उसे अपने नई नियुक्ति पर जाना है। सामान बाँधकर वह अपने बिस्तर पर सीधे लेट जाता है, ऊपर देखते हुए आँख खोलकर सोच रहा है···उप-प्रधानाचार्य की आवाज "कल आनेवाली पीढ़ी तुम्हारे पीछे चलेगी···और उस पर चलते हए भले ही तुम अपने आपको अकेला महसूस करो···पर···तुम्हारे साथ होगा तुम्हारे आनेवाला कल···आनेवाली ये पीढ़ी तुम्हारे पीछे चलेगी···"

प्रधानाचार्य की आवाज उसके कानों में गूँज रही है, "मैंने अपने जीवन में सबसे बड़ा अनिष्ट किया···सबसे बड़ा अनिष्ट किया···" प्रताप की आवाज गूँजती है, धीरे-धीरे बोल रहा है कि जैसे कि फुसफुसा रहा हो। क्या मेरी तरह और लोग भी हैं···यह कैसा संग्राम है, जिसमें लड़नेवाला योद्धा अपने साथी को ही नहीं पहचान रहा है···प्रताप पत्र लिखता है। कल सुबह अपनी पहली पोस्टिंग पर जा रहा हूँ···बेटी को देखने का बहुत मन है···उनका ध्यान रखना ठीक से पालना···और कलम बंद करता हुआ पत्र मोड़कर लिफाफे में डालता है।

जावेद की आवाज गूँजती है "और कर्मभूमि तो ट्रेनिंग के बाद आएगी···प्रताप जहाँ जिम्मेदारी और कर्तव्य का पालन होगा, वहाँ तुम्हारा अपना वजूद···तुम्हारे अपने सिद्धांत···तुम्हारा अपना पाथेय···भले ही कल सुबह तुमको अकेला छोड़कर जा रहा हूँ···पर···अपनी कर्मभूमि में तुम

मुझे हमेशा अपने साथ पाओगे···हमेशा अपने साथ पाओगे···"

प्रताप अभी भी अकेला रात्रि में बैरक में बैठा सोच रहा है।

प्रताप : आजादी के बाद भी मेरी कर्मभूमि, मैंने तो नहीं सोचा था··· ऐसी होगी······। ऐसी कर्मभूमि···युद्धभूमि, जिसमें अपने साथ चलनेवाले योद्धा के मन में क्या है, मैं जान नहीं सकता। मैंने तो वो लड़ाई लड़ी है, जिसमें सबकुछ साफ–साथ था···कौन अपना है और कौन पराया? कौन साथी योद्धा है और कौन दुश्मन? पर आज की रणभूमि अपनों में ही हमारे दुश्मन छुपे हैं··· ?" वह सोचने लगता है और वह दिन याद करता है, जब भारत में 1942 का 'भारत छोड़ो' आंदोलन पूरे जोश में चल रहा था। अंग्रेजों को भारत छोड़ने के लिए विवश करना, यह हर भारतीय सेनानी का उद्‌देश्य था। 'अंग्रेज···भारत छोड़ो' नारा पूरे भारत में गूँज रहा था और इस आंदोलन को प्राण फूँक रहा था इलाहाबाद···नेहरू की जन्मभूमि··· इलाहाबाद।'

प्रताप सोचने लगता है, 1942 के आंदोलन को—**अंग्रेज भारत छोड़ो (Quit India Movement, 1942)**

जब वह 'भारत छोड़ो' आंदोलन में भाग लेने अपने घर से निकला था। उसे वे पल भी याद आने लगे जब वह क्रांतिकारी साहित्य तैयार करता था। मुट्ठीगंज में प्रेस में जाकर चोरी–चोरी छपवाता और बँटवाता था। गाँव से चिलबिला, वहाँ से मेजा रोड, वहाँ से नैनी; नैनी से मुट्ठीगंज; मुट्ठीगंज से आनंद भवन आदि ये स्थान थे, जहाँ वह जाता था। अल्फ्रेड पार्क आनंद भवन से कोई 1 किलोमीटर दूर था। वहाँ क्रांतिकारी एकत्र होते और उन्हें साहित्य दिया जाता था।

स्वतंत्रता संग्राम में इलाहाबाद के सेनानियों का नाम सदैव याद किया जाएगा। आनंद भवन नेहरू परिवार का घर, आजादी की लड़ाई

का केंद्र बिंदु, अल्फ्रेड पार्क-क्रांतिकारियों का गुप्त मंत्रणा स्थल, जहाँ फिरंगियों पर आक्रमण करने की योजना बनाई जाती थी, जहाँ चंद्रशेखर आजाद अंग्रेजों से लड़ते हुए शहीद हुए थे, मुट्ठीगंज—जहाँ क्रांतिकारी पुस्तकें तथा परचे छपते थे और फूलपुर करछना और मेजा क्रांतिकारियों को पैदा करनेवाली भूमि। मेजा तहसील का डोहरिया गाँव और उसका एक छोटा सा मजरा-हरबोंगवा। नाम से ही हल चलानेवालों का ग्राम/पर इसी गाँव में पैदा हुआ था एक ऐसा क्रांतिकारी, जिसने मात्र 17 साल की आयु में ही जब वह कक्षा 10 में पढ़ रहा था, 1942 के 'भारत छोड़ो' आंदोलन में सक्रिय होकर वो सब कर डाला, जिसकी कल्पना इस गाँव के लोगों ने कभी नहीं की थी। फरंगइया महराज के नाम से लोकप्रिय अत्यंत धार्मिक व्यक्ति दुर्बली मिश्र के सबसे बड़े पुत्र रामप्रताप। पिता की इच्छा थी कि रामप्रताप पढ़कर अपने चार छोटे भाई-बहनों की जिम्मेदारी उठाए। फरंगइया महराज को धार्मिक अनुष्ठानों और अपने जजमानों के यहाँ जाने से फुरसत नहीं मिलती थी, पर कुशाग्र बुद्धि रामप्रताप के भाग्य में कुछ और ही लिखा था। मुट्ठीगंज और आनंदभवन से मिले क्रांतिकारी लेखों को पढ़कर रामप्रताप में क्रांतिकारी विचार इतने बलवान हो गए कि वे एक दिन प्रातः नहाकर, पूजा कर अपनी माँ सीता का पैर छूकर घर से निकल पड़े। माँ ने आशीर्वाद देते हुए बस इतना पूछा, "बेटवा जात हय ई त बताये दे, कब तक लउटबै" (बेटा जा रहे हो यह भी बता दो, कब तक लौटोगे) राम प्रताप ने उत्तर दिया, "माई, बताई नाहीं सकित" (माँ, बता नहीं सकता) राम प्रताप का यह वाक्य सीता ने कभी नहीं सुना था, पर यह अपने पुत्र के क्रांतिकारी विचारों, उसके दृढ़ निश्चय को जानती थी। चुपचाप रामप्रताप को कपड़े में बँधी रोटियों को दे देती है। रामप्रताप पोटली को अपने बगल में लटके झोले में रखकर चल देता है। घर के बाहर गाँववालों की भीड़ जमा थी। शायद सबको पता था कि रामप्रताप

इस बार कोई बड़ा निर्णय लेकर निकल रहा है। बाहर सबको प्रणाम कर रामप्रताप ग्राम की पगडंडी पर चल देता है, उसके पीछे ग्राम के कुछ नवयुवक भी चल देते हैं। पिता भोर में ही बाहर चले गए थे, किसी जजमान के घर। माँ सीता घर के बाहर खड़ी होकर तब तक रामप्रताप को देखती है, जब तक वह आँखों से ओझल नहीं हो जाता है। सीता के मुँह से बार-बार 'राम, राम, राम' ही निकल रहा था। वह भगवान् राम को याद कर रही थी या रामप्रताप को—किसी को नहीं पता। गाँव की औरतें सीता के साथ खड़ीं थीं। वे भी सीता की अदम्य सहन शक्ति और दृढ़ता से परिचित थीं। तभी सीता का गाँव भर सम्मान करता था। कोई नई दुल्हन गाँव में आती थी तो वह सीता माँ का आशिर्वाद लेने जरूर आती थी। कोई बच्चा पैदा होता था तो सीता की गोद में अवश्य आता था। आज गाँव भर की महिलाएँ सीता माँ के साथ उनके दु:ख को बाँटने आईं। सीता अपने घर के औसार (लॉबी) में आकर जमीन में बैठ जाती है। सभी औरतें भी उनके पास बैठ जाती हैं, पर कोई भी कुछ बोलने का साहस नहीं कर पाती हैं। बोले कि वह आखिर क्या बोले? सबको मालूम था रामप्रताप कहाँ जा रहा है। उसका क्या अंजाम होगा, चंद्रशेखर आजाद की मौत अभी भी वे नहीं भूल पाए थे।

रामप्रताप मेजा रोड की ओर बढ़ रहा है, जो उसके गाँव से 8-10 मील दूर था। रास्ते में और नवयुवक उसके साथ हो लिये। जिस गाँव से वो गुजरता वहाँ होकर काफिले से 100-150 नवयुवक इनके साथ हो जाते हैं। रामप्रताप की टोली के साथ चलने को सौभाग्य अवसर कोई भी नहीं खोना चाहता था। सब जानते थे कि आज कोई नया काम होनेवाला है मानो रामप्रताप ही कुछ ऐसा करनेवाला हो, जिससे फिरंगी देश छोड़कर भाग जाएँगे।

नवयुवकों की टोली, जिनकी संख्या बढ़कर लगभग 4-5 हजार हो

गई थी, मेजा रोड पहुँच रही है। 'इनकलाब-जिंदाबाद', 'अंग्रेजो-भारत छोड़ो', 'वंदेमातरम्' के नारों के साथ मेजा रोड कस्बे में अभूतपूर्व दृश्य हो गया था। मेजा रोड छोटा सा कस्बा जहाँ रेलवे स्टेशन, पोस्ट ऑफिस भी था। मेजा रोड के निवासी अपने घरों से इस दृश्य को देख रहे थे—सभी लोग खुश थे—मेजा रोड का वातावरण देशभक्ति से भर गया था। टोली मेजा रोड स्टेशन की ओर मुड़ जाती है। सबसे आगे रामप्रताप व उसके बचपन का साथी व हजारों उत्साह व जोश से भरे लोग अंग्रेजों की बनाई वे सभी वस्तुएँ समाप्त कर देना चाहते थे, जिसके बल पर अंग्रेज अपना प्रभुत्व स्थापित कर रहे थे। रेलवे स्टेशन के सामने पहुँचते ही रामप्रताप ने टिकट काउंटर में बैठे भारतीयों को ललकारा, "गुलामी छोड़ो-जला डालो फिरंगियों को, इनकी फोटो को भी बाहर निकालो-मैं स्टेशन जलाऊँगा, तुम हमारे भाई हो, जल्दी करो समय नहीं है।"

स्टेशन मास्टर, "फाँसी हो जाएगी तुम्हें, ऐसा करने की कोशिश भी मत करना।" रामप्रताप के समझाने पर अंदर बैठे दोनों आदमी बाहर निकलते हैं। भीड़ भी रामप्रताप की आवाज के साथ उत्तेजित हो रही थी, "जला डालो इनको भी। गुलामी करेंगे ये···" पर रामप्रताप नहीं चाहता था कि स्टेशन पर टिकट काउंटर में बैठे दो भारतीय जलें। वह अपने बल को जानता था। अपने एक पैर को उठाकर दीवार पर टेककर पूरी शक्ति से खिड़की की सलाखों को पकड़कर खीचता है, पूरी खिड़की उखड़ जाती है और रामप्रताप भारी खिड़की को लेकर नीचे गिर जाता है, पर उसके साथी उसे सँभाल लेते हैं। रामप्रताप के सर के पीछे गुलौरा (ब्लड क्लॉट) हो जाता है, परंतु उसके उत्साह में कोई कमी नहीं आई। कुछ उत्साही युवक खिड़की उखड़ने से खुले रास्ते से अंदर घुसना चाहते हैं। अंदर के दोनों आदमी यह देखकर पीछे का दरवाजा खोलकर भागने लगते हैं। फिर क्या था, 'अंग्रेजो भारत छोड़ो', 'वंदेमातरम' के नारों के बीच रुपया-

टिकट और अन्य सामानों में लोग आग लगा देते हैं। रामप्रताप स्टेशन पर आ जाता है। वहाँ रखे ड्रम, जिसमें स्टेशन पर लैम्प जलाने के लिए तेल रखा रहता था, को खोलकर कुरसियों की सीट पर लगे जूट को उखाड़कर तेल में भिगोकर लोगों को देता है और फिर क्या···जूट तेल से सने आग के गोलों को स्टेशन मास्टर के कमरों में फेंक दिया जाता है। स्टेशन पर खड़ी दो प्रथम श्रेणी की बोगियों में भीड़ आग लगा देती है···स्टेशन धू-धू कर जल रहा है। दो घंटे हो रहे हैं। रामप्रताप को उनके बचपन के साथी राम निहोर बताते हैं कि पुलिस आनेवाली है···भाग जाओ। रामप्रताप अपने 15-20 साथियों के साथ गाँव में पगडंडियों से बढ़ता हुआ गायब हो जाता है। स्टेशन पर पुलिस के आते ही भीड़ भाग जाती है··· पुलिस स्थानीय लोगों के साथ बात करके कुछ स्थानीय लोगों को मेजा थाने लाती है और रामप्रताप पुत्र श्री दुर्बली, जाति-ब्राम्हण, आयु-18 वर्ष, निवासी मजरा-हरबोंगवां, ग्राम-डोहरिया के खिलाफ आगजनी, बलवा, सरकारी संपत्ति को नष्ट करना, MISA, DIR की धाराओं में प्रथम सूचना अंकित कराती है। अभियुक्त फरार···और यहीं से प्रारंभ होता है रामप्रताप का बागी इतिहास। प्रताप के साथ गए गाँव के आस-पास के कुछ लोग लौट आते हैं, माँ सीता से रामप्रताप की बहादुरी का बखान करते हैं, “मइया हाथे से स्टेशन का जँगला उपार देहेन रामप्रताप (मइया रामप्रताप ने हाथ से स्टेशन की खिड़की उखाड़ दी) सीता बस उनकी बातें सुनती है, मुँह से धीरे-धीरे ‘राम, राम’ कह रही है, कुछ नहीं पूछती है···पर नवयुवक बताते हैं कि रामप्रताप लौटा नहीं···हमसे कहिन कि तू सबै लौट जा, नाहि तो तोहार माई-बाबू हमके कोसिही कि हम उनके बेटवन के लई गए, हमके जाइ दै, और स्टेशन जलाउब···इनके (अंग्रेजों को) पाउब त उनहू के जलाई देव (हमसे बोले कि तुम लोग लौट जाओ नहीं तो तुम्हारे माता-पिता हमारे माँ-बाप को उलाहना देंगे कि मैं तुम्हें ले गया था···मुझे

जाने दो और स्टेशन जलाऊँगा। यदि अंग्रेजों को पा गया तो इन्हें भी जला दूँगा) सीता सबकुछ उसी प्रकार सुनती रहती हैं···सीता को ढाढ़स बँधाने रोज की तरह गाँव की औरतें भी बैठीं सुन रहीं हैं। रात्रि होने लगती है। धीरे–धीरे सभी अपने घरों को जाने लगती हैं। कुछ औरतें सीता से खाने का आग्रह करती हैं···पर सीता की शांति और दृढ़ता के कारण जोर नहीं देती हैं···चली जाती हैं। रामप्रताप के चारों छोटे भाई–बहन सबकुछ सुन रहे हैं और रह–रहकर अपनी माँ सीता के पास आकर बैठ जाते हैं। सभी को अपने बड़े भइया का इस प्रकार बाहर जाने पर बड़ा दुःख था, पर माँ के सामने कुछ बोलने का साहस नहीं था और रामप्रताप की पत्नी कलावती 15 साल में ही ब्याह हो गया था···अभी 16 साल भी पूरा नहीं हुआ था ···। कुछ भी नहीं कह पा रही थी, जैसे अपराधबोध से ग्रसित थी कि उसके आने के कारण ही प्रताप ने यह कर डाला। अपनी छोटी ननद, देवरों के लिए भोजन बनाकर उन्हें खिलाती है। सीता के सामने थाली परोसकर लाकर रख देती है, पर बोलने का साहस नहीं कर पाती है। सीता कुछ देर बच्चों को देखती है, जब तक वे खाना खा नहीं लेते··· बच्चे माँ के सामने रखी भोजन की थाली को देखकर भोजन कर लेते हैं··· शायद इसीलिए सीता तुरंत नहीं उठती है। परोसी थाली को सीता छोड़कर रसोई से बाहर आकर आँगन में लेट जाती है···कलावती सभी बच्चों को चारपाई पर लिटाकर, चुपचाप ओसारे में जाकर जलती ढिबरी के सामने बैठकर बाहर देखने लगती है और रात भर ऐसे ही बैठी रहती है···शायद रामप्रताप वापस आ जाए।

सुबह की लालिमा प्रताप के घर में प्रवेश करती है। कलावती गगरा व लुजरी (पीतल का बरतन व रस्सी) लेकर कुएँ पर पानी भरने चल देती है···दिन निकलते ही वह पानी भरकर घर में रखे सभी मटकों (मिट्टी के घड़ों) को भर देती है। ईनार (कुएँ) पर गाँव की और नई बहुएँ

कलावती की पानी भरने में मदद करती हैं···सभी की कलावती के साथ सहानुभूति है···पर कोई भी प्रताप के बारे में बात करने की हिम्मत नहीं जुटा पाती है···क्योंकि गाँव भर को पता चल गया था कि रामप्रताप ने स्टेशन जलाया···रुपए जलाए हैं। ऐसे बागी का अंत सभी को मालूम था। कलावती के चेहरे पर न हँसी, न आँसू···जैसे वह पत्थर बन गई है।

मेजा रोड स्टेशन जलाने के बाद मानो रामप्रताप आंदोलन का प्रतीक बन गया था। इलाहाबाद से लेकर मिर्जापुर तक गाँवों···कस्बों···मेलों में रामप्रताप की बहादुरी की चर्चा होने लगी। रामप्रताप ने अपना रुख मिर्जापुर की ओर कर दिया था। उसके 6 साथी साथ-साथ चलते थे··· जिस गाँव में वे जाते, गाँव में आजादी का प्राण फूँक देते। रामप्रताप का अप्रतिम व्यक्तित्व, स्वस्थ शरीर और उनके क्रांतिकारी संबोधन व देशभक्ति से ओत-प्रोत कविताओं और गीतों से सभी प्रभावित थे···तभी प्रतिदिन उसके नए साथी बनने लगे···रामप्रताप युवाओं के साथ पुलिस चौकियों पर हमला करता···स्टेशन व पोस्ट ऑफिस को जलाकर उन युवाओं को उनके गाँव वापस भेजने की कोशिश करता···शायद उसे अपना अंत ज्ञात था और वह नहीं चाहता था कि किसी और माँ की गोद सूनी हो जाए। दिन में किसी गाँव में सो जाना और रात्रि में गाँव के रास्ते आगे बढ़ जाना···अपने लक्ष्य की ओर···मिर्जापुर जेल। रामप्रताप मिर्जापुर जेल पर हमला कर वहाँ बंद बागियों को छुड़ाना चाहता था। वैसे तो अंग्रेजी हुकूमत ने स्वतंत्रता आंदोलन में भाग लेनेवालों को 'बागी' कहा, पर रामप्रताप को यह शब्द अच्छा लगता था और वह अपने साथियों को इसी नाम से पुकारता था। अपने मामा पंडित परमात्माराम व पंडित जयराम मिश्र, जिन्होंने रामप्रताप को इलाहाबाद में लाकर उसकी शिक्षा-दीक्षा दिलवाई थी और सदैव आदर्श का पाठ पढ़ाया था···से बात-बात में रामप्रताप को पता चला कि मिर्जापुर जेल में सेनानियों पर वहाँ का

जेलर अत्याचार करता है···और इसीलिए रामप्रताप वहाँ जाकर कैदियों को छुड़ाना चाहता था। लगभग 14–15 दिन में रामप्रताप ने दर्जनों पुलिस चौकियाँ और रेलवे स्टेशन जला डाले थे। ब्रितानी हुकूमत के लिए वह चुनौती बन चुका था। लोगों ने यह भी सुना था कि पुलिस चौकियों पर हमला करते समय कुछ सिपाहियों की भी मौत हो गई है। मुट्ठीगंज से प्रकाशित समाचार पत्रों में इस बात का उल्लेख भी हो गया। फिर क्या था?···इलाहाबाद व मिर्जापुर के कलेक्टरों ने अपनी पूरी ताकत झोंक दी, किसी तरह इस बागी को रोका जाए···पर···रामप्रताप कहाँ से आएगा, कब आएगा···किसी को भनक तक नहीं लगती। रामप्रताप का लक्ष्य मिर्जापुर जेल है, यह तो उसके गिने–चुने साथियों को पता था···परंतु··· अब हुकूमत को पता चल चुका था कि रामप्रताप मेजा रोड से मिर्जापुर या मुगलसराय की ओर बढ़ रहा है, क्योंकि जितनी भी घटनाएँ उसने कीं; उसके इसी ओर बढ़ने की पुष्टि कर रहीं थीं। गाँवों में तो हुकूमत की घुसपैठ न के बराबर थी परंतु शहरों व छोटे कस्बों में पुलिस का डर व आतंक था। हुकूमत ने पुलिस और एल.आई.यू. का सहारा लिया और रामप्रताप की घेराबंदी शुरू कर दी। वैसे तो रामप्रताप के गुरिल्ला वार का तरीका था, ब्रितानी प्रतिष्ठानों को जलाया जाना और जलाकर गाँव में भाग जाना वहीं सो जाना, परंतु मिर्जापुर के पास जिगना रेलवे स्टेशन जलाने के बाद पुलिस चारों ओर इतनी सक्रिय हो गई कि उसने दिन मे जिगना कस्बे में ही छिपने की योजना बनाई···उसने यह इसलिए किया कि गाँवों से उसे खबर मिल रही थी कि गाँवों में काफी पुलिस घूम रही है। उसे भनक लग गई कि पुलिस जान गई है···वह गाँव में छुपता है···अत: इस बार उसने अपनी रणनीति बदल दी। वैसे भी जिगना स्टेशन को जलाने में उसे काफी मेहनत करनी पड़ी थी···स्टेशन पर तेल कम मिला तो कस्बे से लोगों ने तेल दिया। जिगना स्टेशन धू–धू कर जला···यहाँ तक कि स्टेशन की छत

तक उखड़कर गिर पड़ी। पूरा स्टेशन स्वाहा हो गया और रामप्रताप वहाँ पर लगभग डेढ़ घंटे तक रहा···पर पुलिस की मौके पर आने की हिम्मत नहीं हुई। प्रताप के साथ हजारों लोग तथा प्रताप का पिछला इतिहास··· पुलिस को भय था कि कम बल के साथ प्रताप को छेड़ना ठीक नहीं है। स्टेशन जलाने के बाद गाँवों में न जाकर शहर के ही एक बनिया, जिसकी कस्बे में ही दुकान व घर था तथा जिसके परिवारजन ने प्रताप को स्टेशन जलाने के लिए तेल व जूट देने में मदद की थी···के घर प्रताप व उसके साथियों ने शरण ली। गुप्ताजी के घर में खुशी का माहौल था, जैसे कोई भगवान् आ गया हो···प्रताप का खादी का कुरता-पायजामा व टोपी धुएँ से काली पड़ गई थी···घर की महिलाओं ने प्रताप को धोती व घर में रखा नया अंगरखा (ऊपर का वस्त्र) दिया। रात में ही प्रताप व उसके साथियों के कपड़े धोए गए। प्रताप के गुप्ताजी यहाँ छुपने की खबर बगल के घरो में फैल चुकी थी···देर रात तक बगल के लोगों, देशभक्त महिलाओं का आना और प्रताप से मिलने का ताँता लगा रहा···और यही प्रताप के लिए घातक सिद्ध हुआ। किसी ने पुलिस को प्रताप का ठिकाना बता दिया। प्रताप व उसके साथी भोजन कर घर के ऊपरी कमरे में सोये थे···भोर हो रही थी कि घर के नीचे कुछ आवाजें आईं ···पुलिस गुप्ताजी को दरवाजा खोलने के लिए कह रही थी···प्रताप ने अपने साथियों को जगाया···अपने झोले को सँभाला···और बाहर झाँककर देखा···घर के चारों ओर पुलिस थी। गुप्ताजी का घर पुलिस से घिर चुका था। प्रताप और उसके साथी जान चुके थे कि अब वे नहीं भाग सकते हैं। बाहर से पुलिसवालों की आवाज सुनाई दे रही थी, “प्रताप, तुम पुलिस से घिर चुके हो। अब भाग नहीं सकते। अपने को हमारे हवाले कर दो। हमारा विश्वास करो, हम कुछ नहीं करेगें। तुम शांति से सरेंडर कर दोगे तो कोर्ट से तुम्हारी सिफारिश करेंगे। तुम तो हमारे बच्चों की तरह हो। भागोगे तो मारे जाओगे।” प्रताप

अपने साथियों के साथ मंत्रणा कर रहा था कि क्या किया जाए। अगर पकड़ लिये गए तो मिर्जापुर जेल कौन जलाएगा, वहाँ से साथियों को कौन छुड़ा पाएगा? प्रताप ने पहले तो निर्णय किया कि सभी साथी एक साथ नीचे उतरेंगे, पर प्रताप को ऐसा अवसर देंगें कि वह भाग जाए। सब जानते थे कि प्रताप 4–5 सिपाहियों पर भारी पड़ेगा। पर साथियों ने राय दी कि भागना सम्भव नहीं होगा, क्योंकि कस्बे में पर्याप्त पुलिस बल आ चुका है। आस–पास के थानों की फोर्स भी आ गई है। मिर्जापुर जिले का कप्तान भी आ गया है। प्रताप ने निर्णय लिया कि ठीक है, अगर पकड़ा गया तो शर्त यह रखी जाएगी कि हमे मिर्जापुर जेल में रखा जाए। वैसे भी जिगना मिर्जापुर जिले में ही पड़ता है, सभी ने अपने सूख चुके खादी के वस्त्रों को पहनकर नीचे आकर के बुजुर्गों को प्रणाम किया और दरवाजा खोलकर बाहर आ गए। बाहर निकलते ही पुलिस ने इन्हें घेर लिया। सबसे पहले प्रताप को हथकड़ी लगाई। उसकी कमर में रस्सी बाँधी, तत्पश्चात् अन्य साथियों को। 'इनकलाब जिंदाबाद'…'अंग्रेजों भारत छोड़ो', 'महात्मा गांधी जिंदाबाद', के नारे लगाते हुए पाँचों वीर पुलिस के साथ चल दिए। चारों ओर से यही नारे लगाए जाने लगे। जिस गली से ये आगे बढ़ते, नवयुवक व नवयुवतियाँ इन्हें देखकर इनके साथ उत्साह से भरे नारे लगाते। घर की देहलीज पार न कर पानेवाली नववधुओं ने घर से बाहर निकलकर इन वीरो के ओजस्वी नारों के साथ आवाज मिलाई। जिगना बाजार ने न कभी ऐसा दृश्य देखा था, न कभी इसकी कल्पना ही की थी…पर कुछ लोग रो भी रहे थे, क्योंकि उन्हें देश पर मर मिटनेवाले इन नवयुवकों के अंत का आभास हो रहा था।

जिस जिगना स्टेशन को एक दिन पहले इन्होंने जलाया था, वहीं इन्हें लाया गया। अभी भी स्टेशन से रह–रहकर धुआँ उठ रहा था। रामप्रताप के चेहरे पर आत्मविश्वास व खुशी थी। स्टेशन को देखकर उसे ऐसा आभास

हुआ कि उसने फिरंगियों को एक ओर तमाचा लगाया। वह इसलिए भी खुश था कि उसे मिर्जापुर ले जाया जा रहा है, वहीं उसका सेशंस ट्रायल होगा। हथकड़ी लगाकर प्रताप को ले चलनेवाले सिपाही भी अंदर से खुश थे, प्रताप को देखकर उसके आत्मविश्वास को देखकर। स्टेशन पर एक स्पेशल इंजन व उसके साथ लगी एक बोगी पहले से खड़ी थी। सभी उस बोगी में सवार हो गए। बागियों के पीछे-पीछे चलनेवाले नवयुवक और युवतियाँ जो अब तक जोश और उत्साह में थे, ट्रेन के चलते ही मायूस होने लगे। प्रताप को अपने से दूर जाता देखकर, इसलिए भी कि वे जानते थे, हुकूमत इन लड़कों के साथ क्या बरताव करेगी। ट्रेन बागियों को लेकर मिर्जापुर रेलवे स्टेशन पहुँचती है। प्लेटफॉर्म पर पहले से पर्याप्त पुलिस है। पुलिस जानती थी, पर उसने किसी को भनक नहीं लगने दी कि प्रताप पकड़ा गया है और यहाँ आ रहा है। ट्रेन रुकती है। पुलिस इन्हें उतारकर बाहर एक बंद वाहन में बैठाकर ले चलती है। मिर्जापुर जेल··· जेल के मुख्य गेट पर पहुँचकर प्रताप जमीन से मिट्टी उठाकर अपने माथे पर लगाता है। यह उसकी अगली कर्मभूमि है। पहले द्वार के बाद सभी बागियों के कपड़े बदले जाते हैं और उनके सामान को उन्हें लाकर दिखाया जाता है। प्रताप के सामानो में एक टोपी, पायजामा, कुरता-अँगोछा, भगवद् गीता, क्रांतिकारी परचे और वही कपड़ा, जिसमें लपेटकर उसकी माँ सीता ने उसे रोटियाँ दीं, रामप्रताप का पाथेय। जेल में रामप्रताप को बताया जाता है कि उसका सेशंस ट्रायल जेल में ही होगा, क्योंकि यह खतरनाक बागी है। प्रताप व उसके साथियों को अलग बैरक में रखा जाता है। एक नंबरदार (पुराना कैदी) अन्य कैदियों को बताता है कि जेल में प्रताप आ गया है।

जिगना में स्टेशन जलाने व फिर पकड़े जाने की घटना को मैंने पिताजी से कई बार सुना है। ज्ञानपुर में पुलिस उपाधीक्षक की तैनाती के

समय एक बार वे अपनी जीप से हमें बैठाकर मिर्जापुर विंध्याचल के दर्शन के लिए गए थे। वहाँ से शायद हाईकोर्ट इलाहाबाद भी जाना था। दोनों भाई, मैं और राजे (राजेश भइया) जीप में पीछे बैठे थे। मिर्जापुर रेलवे स्टेशन पर आकर हम सभी ट्रेन में बैठे। रास्ते में पड़ा जिगना स्टेशन। पिताजी ने ट्रेन के रुकने पर हम दोनों भाइयों को उतारा और स्टेशन दिखाकर बोले, "इसी की छत उड़ गई थी। दोबारा इस स्टेशन को बनाया गया।" कुछ पुराने पोल जो अनुपयोगी हो गए थे, उन पर लैंप जलता था, स्टेशन के बाहर दिख रहे थे। दिखाकर कहा, "इसमें से भी तेल निकाला था पहले।" हमने पूर्व में सुना था जिगना कांड के बारे में। अतः हम सभी उस समय जिगना को देखकर पुलकित हो गए। पिताजी ने हाथ से इशारा कर, वे स्थान दिखाए, जहाँ पर वे 1942 में आए। कैसे ड्रमों को खोलकर उसमें तेल निकाला, जूट में तेल भिगोया, कैसे ड्रमों के तेल में आग लगी···कैसे चारों ओर धुआँ फैला, स्टेशन के बाहर खड़े कुछ पेड़ों को दिखाकर बोले कि ये सब उस समय नहीं थे, दूसरे पेड़ थे। सब धुएँ से काले हो गए थे। पिताजी के स्मरण व उनके उत्साह व बहादुरी के स्थान पर आकर हमें महान् गौरव का अनुभव हो रहा था, पर पिताजी को यहीं पकड़ा गया, इसे लेकर हम जानना चाहते थे। मैंने पूछा—"पिताजी यहीं पकड़े गए थे?"

पिताजी ने बताया, "हाँ, बगल की आबादी को दिखाकर कहा इशारे से– जो कुछ दूर था, ऊँचे कुछ पुराने मकान थे—वहीं कहीं मकान था, अब रंग बदल सा गया है, वहीं पकड़े गए थे। इंजन ने सीटी बजायी और हम वापिस ट्रेन में चढ़ गए। मेरी जिज्ञासा अभी समाप्त नहीं हुई थी, मैंने ट्रेन चलते ही पूछ लिया, "पिताजी, आपको किसी ने पकड़वाया था?"

पिताजी ने जवाब दिया, "हाँ, जिस बनिया के यहाँ हम रुके थे, उसी के किसी रिश्तेदार ने, शायद उसी ने, पर इसमें उसका दोष नहीं है, उस

समय का यही माहौल था। अंग्रेजों का, पुलिस का बहुत डर था। न बताता तो शायद उसको भी जेल में भेज दिया जाता। परिवार, दुकान उजाड़ देते, डर गया था। मिर्जापुर जेल में आया था मुझसे मिलने। बहुत पश्चाताप कर रहा था कि उसने अपने भाई को सब क्यों बताया।"

मिर्जापुर जेल में रामप्रताप के आने की खबर आग की तरह फैल गई···बंदियों को अपने परिवारवालों से पता चल रहा था कि किस प्रकार रामप्रताप ने इलाहाबाद और मिर्जापुर में साहसी कांड किया···जेल में बंद सेनानी अपने परिवारजनों से नहीं मिल पाते थे···मित्र लोग डर के कारण नहीं आते थे। अन्य कैदियों के परिवारजनों के माध्यम से ही उन्हें बाहर हो रहे संग्राम की हो रही घटनाओं की जानकारी मिलती थी। वैसे तो मिर्जापुर जेल में अधिकांश सेनानी रामप्रताप को पहले से जानते थे या तो आनंद भवन में या फिर मुट्ठीगंज के प्रिंटिंग प्रेसों में क्रांतिकारी साहित्य को लेते समय उससे मिल चुके थे। उन्होंने रामप्रताप के क्रांतिकारी विचारों को भी उसी के मुँह से सुन रखा था···इसी कारण मेजा रोड से लेकर जिगना तक के ब्रितानी प्रतिष्ठानों में आगजनी, तोड़-फोड़ और करेंसी जलाने की घटनाओं से रामप्रताप का नाम जुड़ा होने के कारण वे लगातार इन खबरों से जुड़े हुए थे और आज एकाएक रामप्रताप का उनके बीच आगमन,···उन्हें जहाँ रामप्रताप के पकड़े जाने के कारण दुःख हो रहा था, वहीं उसे अपने बीच पाकर पुलकित हो रहे थे। रामप्रताप को एक बैरक में लाया गया। अन्य बैरक में बंद सभी कैदियों को देखते ही रामप्रताप ने 'इनकलाब जिंदाबाद'···'अंग्रेज···भारत छोड़ो'···'वंदेमातरम्' के नारे लगाए। पूरे जेल की सभी बैरक से नारों की आवाज आने लगी···जो सेनानी था, वह तो नारे लगा ही रहा था, अन्य अपराधों में बंद कैदियों ने भी नारे लगाने शुरू कर दिए। मिर्जापुर जेल में यह माहौल पहले कभी नहीं देखा गया। जेल प्रशासन सचेत हो

चुका था। रामप्रताप के ऊपर लगी धाराओं को पढ़कर वे जान गए कि रामप्रताप उग्रवादी क्रांतिकारी है।

मिर्जापुर जेल में पहला दिन। भोजन के लिए सभी कैदी कतार में लगे थे। रामप्रताप बैरक में बैठा देख रहा था कि कैदी अपनी-अपनी थाली लेकर खाने जा रहा है···रामप्रताप के साथ 2-3 और सेनानी बैरक में थे और रामप्रताप को यहाँ कैदियों के साथ हो रही सख्ती के बारे में बता रहे थे। रामप्रताप सबकुछ सुन रहा था और दूसरी बैरक से निकलकर जाते कैदियों को देख रहा था···जब सभी बैरक खाली गई तो रामप्रताप कुछ निर्णय लेकर अपने दो कैदियों के साथ निकल पड़ा, अपनी थाली लेकर। रसोई के बगल में लगी तीन कतारों में खड़े कैदियों ने रामप्रताप के आने पर उसे इशारे में बुलाकर कतार के आगे पंक्ति में खड़ा कर दिया···थोड़ी देर में ही रामप्रताप का नंबर आया···रामप्रताप ने थाली में दाल-सब्जी और सब्जी पर रोटी लेकर वहीं खड़े होकर पहले रोटी उठाकर···नंबरदार (पुराना कैदी) जो खाना परोस रहा था···को दिखाया और कहा···

रामप्रताप, “मैं तो ये रोटियाँ खा लूँगा, तुम भी खा रहे हो और सारे कैदी भी···पर क्या ये रोटी, ये दाल और ये सब्जी कोई फिरंगी खा सकता है?”

नंबरदार ने रामप्रताप को समझाने की कोशिश की, “क्या करें··· आटा पिसा मिलता है, उसकी मिट्टी को कैसे निकालूँ···मैं 7 सात साल से यहाँ हूँ···पहले दाल भी ज्यादा आती थी और आटा भी अच्छा होता था, पर जब से बागी इस जेल में आए हैं···ऐसा खाना ही मिलता है···मैं क्या करूँ?···दाल में कंकड़ इतने होते हैं कि उन्हें निकालने में 50 ग्राम की जगह 20 ग्राम दाल ही एक कैदी को मिल पाती है, इसीलिए दाल में पानी डालना पड़ता है कि कम-से-कम रोटी तो भीग जाए। क्या करें,

भूख हड़ताल भी की थी···2 दिन भूखे भी रहे, किसी ने नहीं सुनी···तुम्हारे साथियों को बेंत की सजा अलग से मिल गई···रामप्रताप, सब सहना होगा यहाँ···हम-तुम कुछ नहीं कर सकते···आगे बढ़ो और लोगों को भोजन लेने दो।" रामप्रताप कुछ नहीं बोलता है। चुपचाप भोजन लेकर लाइन से बाहर आ जाता है···एक स्थान पर जाकर अपने साथियों के साथ भोजन करता है। रोटी में दाल भरकर मुँह में लेता है···रोटी चबाते ही उसे मिट्टी और कंकड़ का आभास हो जाता है। वह चुपचाप उसे बिना चबाये गटक लेता है···क्योंकि और सभी भी ऐसे ही खा रहे थे। रामप्रताप के पास अधिकांश कैदी आकर उसे जेल प्रशासन, जेलर के द्वारा कैदियों पर किए जा रहे अत्याचारों के बारे में बताते हैं। सभी जेलर से डरते हैं··· जेलर है तो भारतीय, पर फिरंगियों को खुश करने के लिए बागियों को विभिन्न प्रकार से प्रताड़ित करता है। रामप्रताप मन बना चुका था···जेलर को ठीक करने का···पर जेलर से मुलाकात होना बहुत कठिन था··· रामप्रताप मंत्रणा कर योजना बनाता है, जेलर से मिलने की···पर पहली बार योजना विफल हो जाती है। एक दिन मौका पाकर रामप्रताप जेलर के पास पहुँच जाता है···जेलर को समझाता है कि वह भी भारतीय है···देश की आजादी की लड़ाई हम सब भारतीयों की है, अतः जेलर बागियों पर अत्याचार करना छोड़ दे। ठीक भोजन दिया जाए और बागियों को उनके परिवारवालों से मिलने दिया जाए··· पर जेलर पर असर होता न देखकर प्रताप अपने असली रूप में आ जाता है और जेलर को कहता है···, "देखो, मेरे इन हाथों को। तुम जिनको खुश करने के लिए अपने भाइयों को प्रताड़ना देते हो, उन्हीं फिरंगियों को इन्हीं हाथों ने बार-बार झापड़ मारा है, इनके ऑफिसों को जलाया है···मिल जाते तो उनको भी जला देता और तुम···जब चाहूँगा, इन्हीं हाथों से मार डालूँगा। जेलर प्रताप के खिलाफ बेंत की सजा की कारवाई करवाना चाहता था, परंतु नंबरदारों

व जेलकर्मियों ने समझाया कि प्रताप आग है। उसे छेड़ना ठीक नहीं है··· अच्छा तो यह होगा कि किसी तरह उसे इस जेल से कहीं और भेज दिया जाए। जेलर द्वारा रामप्रताप पर गंभीर मुकदमे होने, कैदियों को भड़काने, जेल में भयानक विद्रोह, तोड़-फोड़ और आगजनी होने की संभावना को लेकर रिपोर्ट तैयार की जाती है और रामप्रताप को सेंट्रल जेल नैनी भेजने की तैयारी हो जाती है। रामप्रताप को बहुत दुःख होता है कि वह यहाँ की समस्या को ठीक नहीं कर सका···साथियों के ऊपर जेलर के अत्याचार को समाप्त नहीं कर सका। एक दिन उसे अकेले जेल से बाहर एक बंद वैन में बैठाकर नैनी सेंट्रल जेल के लिए रवाना कर दिया जाता है। प्रताप दुःखी है कि उसके साथी यहीं छूट गए···पता नहीं, अब उनसे मुलाकात होगी भी कि नहीं?

रामप्रताप को सेंट्रल जेल नैनी लाया जाता है···नैनी जेल अत्यंत विशाल जेल थी, अत्याधिक संख्या में बैरकें थीं···सब कैदियों की आपस में मुलाकात भी नहीं हो पाती थी। यहाँ बागियों को सामान्य कैदियों से बिल्कुल अलग रखा जाता था···सेनानियों को एक-दूसरे को देखने का मौका मिल जाता था···रामप्रताप को जो बैरक दी गई, उसके पास एक और बैरक थी, जिसमें महत्त्वपूर्ण सेनानी रहते थे। नैनी जेल में रामप्रताप की मुलाकात इलाहाबाद के बाहर के सेनानियों से हो गई···उनके साथ उनके कारनामों की चर्चा तथा फिर इस पर चर्चा कि जेल में रहकर भी लड़ाई में कैसे भाग लिया जाए, पर रह-रहकर प्रताप को मिर्जापुर जेल की याद आती थी···सोचता था, वहाँ कुछ नहीं कर पाया। समय तेजी से निकल रहा है···जो करना है, उसे शीघ्र किया जाए। दूसरे जिले के कैदियों से तथा इलाहाबाद शहर के सेनानियों से फिरंगियों द्वारा सेनानियों के ऊपर, उनके परिवार जनो के ऊपर अत्याचार को सुनकर प्रताप के मन में अंगेजों के प्रति घृणा और बलवती हो गई थी।

प्रताप के गाँव में खबर आ चुकी थी कि उसे मिर्जापुर से नैनी जेल लाया गया है। वैसे भी प्रताप के पकड़े जाने के बाद से प्रताप के घर में शोक छा चुका था, ···पुलिस के डर से गाँव के लोग चुपके-चुपक उसके घर में आते थे और मदद करते थे···कुछ रिश्तेदार भी देर से आते थे। प्रताप के मामा पंडित परमात्माराम मिश्रा या सगे मामा न होकर सगे से ज्यादा प्रिय थे···उनके व उनकी धर्मपत्नी (मामी) के प्रति रामप्रताप के मन में अपार श्रद्धा रही···उन्होंने प्रताप की पढ़ाई में हमेशा मदद की। प्रताप के असमय घर पहुँचने पर भी उन्होंने प्रताप को भोजन बनाकर खिलाया और प्रताप को कभी भी हतोत्साहित नहीं होने दिया। प्रताप के गाँव में पंडित परमात्माराम मिश्र आकर उनकी पत्नी का कुशल क्षेम पूछते तथा रुपया-पैसा व गल्ला भेजकर मदद करते थे। नैनी जेल में कैदियों के लिए व्यवस्था व सुविधाएँ मिर्जापुर जेल जैसी खराब न थीं, परंतु स्वभाव से विद्रोही को यहाँ की व्यवस्था के खिलाफ आवाज उठानी ही थी। चूँकि इस जेल में वे सेनानी भी थे, जो कांग्रेस पार्टी का प्रतिनिधित्व किया करते थे, अत: अंग्रेज लॉर्ड के अफसर व वायसरॉय के यदा-कदा जेल में आने की खबर रामप्रताप को मिल चुकी थी। यह वह स्थान था, जहाँ सीधे वह अंग्रेजों से लड़ सकता था, उसके लिए यह कम रोमांचक नहीं था। जेल में एकाएक सफाई होने लगी। सभी कैदियों को फरमान जारी हुआ कि अपनी-अपनी पट्टिका पर अपना नाम व सजा लिखकर अपनी बैरक में तैयार रहें और लॉर्ड के आने पर उनके सामने खड़े रहें। लकड़ी की लगभग 15 इंच लंबी और 7-8 इंच चौड़ी प्लेट सभी कैदियों को दी जाती थी, जिस पर वह सफेद खड़िया से लिखते-पढ़ते थे। सभी कैदी साफ कपड़े पहनकर अपनी-अपनी पट्टिका को सजाकर उस पर अपना विवरण लिखने लगे। प्रताप को साथियों ने समझाया वह भी लॉर्ड के आने पर ऐसा कहे कि भोजन अच्छा बनता है और भरपेट मिलता है। प्रताप ने अपना

नाम लिखा, उस पर अपने ऊपर लगी सभी धाराएँ—DIR, MISA, बलवा, आगजनी, देशद्रोह, सरकारी संपत्ति करेंसी को नुकसान पहुँचाना, जैसी धाराओं को लिखा,⋯उसके ऊपर इतने मुकदमे व धाराएँ थीं कि उसकी पट्टिका में जगह कम पड़ गई। अन्य सेनानी इसे पढ़कर प्रताप की प्रशंसा कर रहे थे⋯प्रताप का कद साथियों में बुजुर्ग कैदियों में बढ़ गया।

घंटा बजा सभी कैदी अपनी-अपनी बैरक में सलाखों के पीछे लाइन में अपने सीने के सामने अपनी पट्टिका लेकर खड़े हो गए⋯इसमें अधिकांश सामान्य कैदी थे, पर कुछ सेनानी भी थे⋯प्रताप जमीन पर अपने बिस्तर (कंबल) पर बैठा रहा वह अपनी पट्टिका के ऊपर लिखे विवरण के सूख जाने की प्रतीक्षा कर रहा था क्योंकि सबसे बाद में वह अपना विवरण लिख रहा था। प्रताप का लाइन में देर में आकर खड़े होना अन्य साथियों को असामान्य नहीं लगा। प्रताप अपनी पट्टिका के दूसरी ओर कुछ और लिख चुका था। लॉर्ड के आने पर वह सब बैरकों के सामने जाकर कैदियों का विवरण पढ़ा जा रहा था। कुछ कैदी उसका अभिवादन भी कर रहे थे। प्रताप के सामने आकर लॉर्ड ने प्रताप की पट्टिका पढ़ी, लिखा था—Go Back, Quit India—जेलर व उसके साथ के अन्य अफसर घबरा गए उन्होंने पहली बार किसी कैदी को ऐसा करते देखा था। सभी आगे बढ़ गए। लॉर्ड ने बस पढ़ा और आगे बढ़ गया⋯पर उसकी नकली मुसकान से अन्य साथियों और विशेष रूप से प्रताप को उसकी नाराजगी का अहसास हो गया था। लॉर्ड के जाने के बाद सब कैदियों ने अच्छा भोजन किया⋯प्रताप ने भी किया। प्रताप की इस हरकत से पूरे जेल में उसका सम्मान बढ़ गया था⋯कैदियों में कुछ जेल कर्मचारियों में भी। रामप्रताप जब अपनी थाली लेकर जमीन में ही बैठकर खाने लगा तो उसके आस-पास सैकड़ों कैदी आकर बैठकर खाने लगे, जैसे सहभोज हो रहा था और प्रताप सबके आकर्षण का केंद्र बिंदु

था। भोजन के बाद सभी कैदी अपनी बैरक में आराम कर रहे थे। जेल के अंदर के गेट को खोलकर जेलर, कुछ अधिकारी व नंबरदार आते हैं सभी बैरक से कैदी उन्हीं की ओर देख रहे हैं, क्योंकि इस समय इन लोगों का बैरक की ओर आना असामान्य लगा। ये लोग प्रताप की बैरक के सामने आकर खड़े हो जाते हैं¨ बैरक के गेट पर से ताला खोलते हैं। जेलर व दो नंबरदार अंदर आ जाते हैं और बढ़कर प्रताप के बिस्तर के सामने आकर खड़े हो जाते हैं। प्रताप को बताते हैं कि लॉर्ड के सामने नारे लिखकर खड़े होने पर उसकी कोर्ट लगी है। उसे चलना होगा कोर्ट में पेश होने। प्रताप चुपचाप उठकर चल देता है। यह अनुभव उसके लिए नया था, अतः उसमें अजीब-सा उत्साह था। देश के लिए कुछ नया करने का अवसर मिलेगा। वह रास्ते में पूछता है कि उसकी अदालत कहाँ है। नंबरदार बताता है कि उसके लिए जेल में ही अदालत लगी है। उसे रास्ते में ही नंबरदार जो 60-65 का है और हत्या के अपराध में आजीवन सजा काट रहा है, समझाता है कि जोश में होश नहीं खोना चाहिए। क्या मिलेगा जेल में यह सब करके¨तुम्हारी करनी की सजा जेल के बंदियों को चुकानी पड़ेगी¨मिर्जापुर जेल से आए हो। देखा है, कैसा भोजन मिलता है ? वहाँ और यहाँ देखो। इसीलिए कि यहाँ लॉर्ड साहब आते रहते हैं। वो तो हमारे लिए ही जेल में आते हैं¨हमारा ध्यान रखते हैं, तभी यहाँ अच्छी व्यवस्था है। प्रताप मुसकराता रहता है। सब सुनता है ओर अंत में बोल देता है¨, "व्यवस्था ? कौन सी व्यवस्था ?"

जेल के अंदर ही जेल के सिपाहियों और नंबरदार प्रताप को लेकर चल रहे थे¨प्रताप को देखकर रास्ते में पड़नेवाली बैरकों में बंद कैदी खड़े होकर उसे देख रहे थे। प्रताप गर्व और आत्मसम्मान के साथ मुसकान लिए चल रहा था¨प्रताप के अप्रतिम व्यक्तित्व व तेज से सभी सिपाही व नंबरदार प्रभावित थे। प्रताप के आकर्षण का उन पर भी प्रभाव

पड़ चुका था···वे प्रताप के साथ चलने में गौरव का अनुभव कर रहे थे। नैनी जेल में ऐसा कभी नहीं हुआ कि इतनी कम आयु का सेनानी, जिसकी अभी दाढ़ी-मूँछ भी ठीक से नहीं उग पाई थी···अपने तेज पुंज से सभी को आलोकित कर रहा था, मानो प्रातः का सूर्य धरती के सभी प्राणियों में ऊर्जा का प्रवाह कर उन्हें सुप्तावस्था से जगा रहा हो। एक स्थान पर पहुँचकर सिपाही रामप्रताप के दोनों हाथों में हथकड़ी लगा देते हैं···प्रताप को एक कक्ष के सामने लाकर खड़ा कर दिया जाता है···जेल का एक अधिकारी फाइल लेकर अंदर आता है···यह है जेल में अस्थायी कोर्ट। मेज के पीछे एक कुरसी पर अंग्रेज जज बैठा है···जेल अधिकारी कमरे में प्रवेश कर फाइल जज के सामने रखता है···जज फाइल पढ़ता है और मुसकराता है। शायद वह भी रामप्रताप के इस वीरता पूर्ण कृत्य की प्रशंसा कर रहा हो। फाइल के प्रत्येक पृष्ठ को पढ़कर जज सिर ऊपर उठाता है। वह भी प्रताप को देखने का उत्सुक है। आदेश देता है कि प्रताप को पेश किया जाए। प्रताप दरवाजे से प्रवेश करता है, सिपाही उसे मेज से दूर पीछे से कंधा पकड़ कर खड़ा कर देता है। जज प्रताप को देखकर मुसकराता है और प्रताप से पूछता है···

जज, "प्रताप, तुम पहले से क्राइम करते आ रहे हो···आगजनी, बलवा, MISA, DIR ···What do you want··· ?

प्रताप, "देश की आजादी।"

जज, "किससे आजादी···? Freedom from what? Freedom from untouchability, Freedom from disease, Freedom from social evil, Freedom from atrocities on poor, Freedom from illiteracy, Freedom from inside fighting. Freedom from poor amenities bad roads no transport...Indians के लिए क्या किया आपने, Train, Road,

Letracy, Judicial system, Security Police, Hospitals सबकुछ किया हमने। Why ? Only because Christian Believes in social service, Philanthroprism and love to humanity. We established rule of justice in India, we saved you from rule of anarchy. We believed in democracy not autocracy Pratap ? I admire you. तुम बहादुर हो पर You are misguided.... भटक गए हो¨जानते हो, तुम्हारा क्या End होगा ?"

प्रताप, "फाँसी¨मैं जानता हूँ मेरा अंत फाँसी है, पर कितनों को फाँसी देगी फिरंगी सरकार ? एक सेनानी को फाँसी दोगे¨उसके रक्त से एक-एक बूंद से क्रांतिकारी पैदा होंगे। अल्फ्रेड पार्क में हुए शहीद चंद्रशेखर के रक्त को स्पर्श करनेवाले प्रत्येक कण ने इतने क्रांतिकारी पैदा कर दिए हैं कि अब फिरंगियों को देश छोड़ना ही पड़ेगा। आजाद की शहीद स्थली को तुमने पुलिस से घेर दिया, पर मैंने स्पर्श किया था उसे¨और वहीं से मुझे मिली है ऐसी ऊर्जा, जो कभी भी क्षीण नहीं हो सकती है।" जज प्रताप को अवाक् सा देख रहा है¨कुछ समझ नहीं पा रहा है कि प्रताप क्या कह रहा है¨परंतु चंद्रशेखर आजाद, अल्फ्रेड पार्क के नाम सुनकर वह प्रताप के भाव को समझ रहा था। एक सिपाही जज को धीरे-धीरे बताता है कि प्रताप ने क्या कहा। जज ध्यान से सुनता है और प्रताप को देखकर कहता है—

जज, "जेल का रूल क्यों तोड़ा ? अपनी स्लेट पर क्यों लिखा, 'Quit India ?'

प्रताप, "ताकि फिरंगियों के कानों तक मेरी आवाज पहुँच सके *(सिपाही जज को बताता है प्रताप ने क्या कहा)*

जज, "तुम दोबारा ऐसा नहीं करोगे।"

प्रताप, "मैं बार-बार ऐसा ही करूँगा।"

(जज प्रताप को ध्यान से सुनता व देखता है··· तथा कुछ सोचता है और फाइल के एक पेज पर कुछ लिखता है। लिखकर जज प्रताप को देखकर कुछ प्रायश्चित्त भाव से बोलता है)

जज, "प्रताप, तुम्हारी उम्र देखकर तुम्हें 5 बेंत की सजा दी जाती है।"

प्रताप, "बस! यही सजा ?···"

जज, *(चिंतित होता है··· तथा कहता है)*···"10 बेंत।"

प्रताप, "दस बेंत क्या, 100 बेंत भी मेरा मुँह, मेरी लेखनी को बंद नहीं कर सकती है।"

जज, "Get him away..."

सिपाही प्रताप को जैसे ही कमरे के बाहर निकाल कर ले जाना चाहते हैं, वह चिल्लाता है—

"अंग्रेजो भारत छोड़ो, Quit India

वंदेमातरम्"

एक सिपाही प्रताप का मुह बंद करना चाहता है। प्रताप उसे झटके से ढकेल देता है···सिपाही जमीन पर गिर जाता है···अंदर बैठे जज को सब आभास हो जाता है। वह फाइल में कुछ और ऑर्डर करते हुए जेलर से कहता है, "इसे बेड़ियों में रखो"···और उठकर बाहर निकल जाता है।

कक्ष से बाहर निकलकर प्रताप को नंबरदार समझाकर शांत करते हैं···पर प्रताप की आवाज सभी बैरक तक गूँज चुकी है और जेल की सभी बैरकों से वंदेमारतम् की आवाजें आने लगीं। जेल प्रशासन जान गया कि नैनी जेल में क्रांति का बिगुल बज चुका है। प्रताप अन्य बैरकों के सामने से होते हुए अपनी बैरक की ओर ले जाया जा रहा था। प्रताप को

देखकर बैरक के बंदी 'वंदेमातरम्' के नारे जोर-जोर से लगा रहे थे। जेल में देशभक्ति की लहर बह निकली थी, जो जेल प्रशासन के लिए चिंता का विषय थी। अपनी बैरक में पहुँचकर प्रताप को सब घेर लेते हैं···पूछते हैं···, "प्रताप, क्या हुआ था?···प्रताप सबकुछ हँस-हँसकर बताता है··· सभी बैरकों में प्रताप के वाक्य पहुँच चुके थे सभी प्रताप की चर्चा कर रहे थे। प्रताप को छोड़कर जाते हुए नंबरदार प्रताप से कहता है···, "बेटा, तुमने ठीक नहीं किया। ऐसा कोई नहीं करता है"···प्रताप मुसकराकर उसकी बात सुनता है। सायंकाल होती है। प्रताप को बैरक से लेने सिपाही और नंबरदार आते हैं। प्रताप उनसे पूछता है कि कहाँ चलना है? क्योंकि बेंत की सजा तो दिन में दी जाती है। नंबरदार बताता है कि उसे लोहे की बेड़ियाँ पहननी होंगी। प्रताप मुसकरा देता है और कहता है कि कितनी भी जुल्म ढा लो, क्रांति की यह आँधी अब नहीं थमेगी। प्रताप को जेल के एक कोने में ले जाया जाता है, जहाँ लोहार बेड़ियों को हथौड़े से पीटकर प्रताप के दोनों पैरों और कमर में पहना देता है। प्रताप बेड़ियाँ पहनकर बैरक में लाया जाता है। उसे देखकर सभी दुःखी होते हैं, क्योंकि प्रताप को उठने, लेटने और बैठने में बड़ी कठिनाई हो रही है···पर प्रताप उन्हें समझाता है कि अधिक दिन बेड़ियाँ नहीं रहेंगी। जेल में प्रताप का ट्रायल प्रतिदिन होने लगता है। वह बेड़ियों में जज के सामने लाया जाता है और फिर बैरक से लौटकर ट्रायल के किस्से सुनाता है। ट्रायल के समय ही प्रताप को बताया जाता है कि जगह-जगह रेलवे स्टेशन व पोस्ट ऑफिस में उसके द्वारा की गई आगजनी से जले सरकारी मुलाजिम मर गए हैं और प्रताप को फाँसी की सजा सुनाई जाती है। प्रताप से जज पूछता है कि उसकी आखिरी इच्छा क्या है? प्रताप कहता है, "देश की आजादी"।

प्रताप को दी गई सजा ने मुट्ठीगंज की प्रेसों में जैसे आग फूँक दी। 'प्रताप को फाँसी' सभी पत्रिकाओं में कालम बन गए। जगह-जगह इस

पर चर्चा होने लगी। प्रताप की आयु अभी 18 साल की भी नहीं है, उसे फाँसी कैसे हो सकती है ?···अब प्रताप की आयु पर चर्चा होने ली। प्रताप की आयु स्कूल में बढ़ाकर लिखी गई थी, ताकि उसे जल्दी नौकरी मिल जाए···किसे पता था कि यह उसकी मृत्यु का कारण बनेगी। लॉर्ड के सामने इलाहाबाद व मिर्जापुर के वकीलों द्वारा उसकी कम आयु बताकर दया कि याचिका दी गई। प्रताप की फाँसी की सजा ने इलाहाबाद में क्रांतिकारी घटनाओं की झड़ी-सी लगा दी। इलाहाबाद विश्वविद्यालय के छात्रों द्वारा प्रदर्शन, आगजनी, ट्रेनों को रोकना आदि घटनाओं से इलाहाबाद का कलेक्टर परेशान था। धीरे-धीरे नैनी जेल क्रांतिकारियों का जमावड़ा बनता जा रहा था। सभी नौजवान ऐसा काम करने लगे, जिससे उन्हें नैनी जेल में घुसने का मौका मिल जाए। सभी प्रताप को एक बार देखना चाहते थे। जेल प्रशासन भी हैरान था कि जेल में आनेवाले सभी कैदी बैरक नंबर-07 के पास ही रहना चाहते थे (बैरक नंबर-07 प्रताप की बैरक) अंग्रेजों की बैठक जेल में आयोजित हुई···सभी ने जेलकर्मियों से चर्चा की और निर्णय हुआ कि प्रताप को नैनी जेल से बाहर लाकर आगरा सेंट्रल जेल भेज दिया जाए। यदि उसे फाँसी देनी है तो नैनी जेल में नहीं···वरना इलाहाबाद में कानून और व्यवस्था की समस्या उत्पन्न होगी। एक दिन प्रताप को जेल से निकाला जा रहा है···सभी कैदी दुःखी हैं···विरोध भी कर रहे हैं, पर कुछ नहीं कर सकते···उनके बीच से प्रताप निकाल लिया जाता है और दूसरे दिन प्रेस में खबर फैलती है··· 'प्रताप को आगरा सेंट्रल जेल फाँसी के लिए भेजा गया, इस खबर ने इलाहाबाद के शहरों गाँवों में क्रांतिकारी आंदोलनों की आग में घृताहुति जैसा कार्य किया···चारों ओर धरना-प्रदर्शन। कूटनीतिक चालों में माहिर और लोगों की मानसिकता को पढ़ने में चतुर अंग्रेजों ने इन आंदोलनों पर विराम लगाने के विभिन्न फॉर्मूलों पर मंत्रणा की। इस मंत्रणा में अंग्रेजों का साथ

देनेवाले ने पढ़े-लिखे भारतीय भी थे, जो अंग्रेजों के साथ ताश व शतरंज खेला करते, अंग्रेजों को खुश करने के लिए विभिन्न प्रकार की महफिलें सजवाते और अंग्रेजों से बड़े-बड़े ओहदे और नाम पाते थे। सबकी राय बनी कि अगर यह खबर फैल जाए कि प्रताप को फाँसी दे दी गई तो लोगों का जोश ठंडा पड़ जाएगा। एक दिन आग की तरह खबर फैली कि प्रताप को आगरा सेंट्रल जेल में फाँसी दे दी गई। इस खबर को भारत की क्रांति में जो असर हुआ, वह अपनी जगह पर है, पर इस समाचार ने रामप्रताप के परिवार पर क्या कहर ढाया, वह अगर कोई जानता है तो बस इलाहाबाद का चौरासी गाँव और रामप्रताप के परिवार के सदस्य। प्रताप के गाँव में जैसे ही यह खबर आई···प्रताप के घर में मानो भूचाल आ गया। रोते-बिलखते भाई-बहनें, माँ-बाप के बीच हिंदू संस्कार से सधवा कलावती को विधवा के वस्त्र दे दिए गए···कलावती ने माथे का सिंदूर मिटा दिया और हाथ की चूड़ियाँ तोड़ डाली गईं···प्रताप के पिता जो धैर्य की प्रतिमूर्ति थे, सदैव चैतन्य और अपने जजमानों की सेवा में प्रसन्न चित्त रहते थे, वे भी इस दुःखद समाचार से टूट गए थे। फरंगइया महाराज को उस समय इतना कष्ट नहीं हुआ, जब गाँव में उनकी बखरी (कच्चा खपैरल का मकान) को अंग्रेजों ने जलवा दिया था और गाँववालों की मदद से उन्होंने गाँव के किनारे मिट्टी से एक नया कच्चा मकान बनाकर बच्चों को यहाँ स्थापित किया और जब उनके बच्चों को गाँव के बाहर किसी दूसरे गाँव के घर में गुमनामी का जीवन बिताना पड़ा था। पंडितजी को हर रात पुलिस थाने के सिपाहियों के सामने हाजिरी देनी होती थी और संतुष्ट करना होता था कि प्रताप उनके घर में वापस नहीं लौटा है। वह समय पंडितजी के लिए महान् गौरव व अभिमान का था, क्योंकि प्रताप के क्रांतिकारी कारनामों को सुनकर पंडितजी प्रतिदिन रोमांचित होते थे और गाँव में उनका अत्यधिक सम्मान होता था···पर कुल दीपक का इतनी

कम आयु में अंत···उनके ऊपर कुठाराघात था। पुत्र के वियोग में उन्होंने बाहर जाना भी बंद कर दिया था। कलावती के भाग्य में मानो दु:खों का समय था। कलावती की माँ अपने दामाद के विषय के खबर सुनकर एक दो बार कलावती से मिलने गाँव की वारी (बाग) में आई···क्योंकि बेटी के ससुराल में नहीं जा सकती थीं···और कलावती को वस्त्र, धन और सोने का सामान देकर मदद करती रहीं···पर कलावती को इस रूप में देखकर वे टूट गईं और एक दिन उन्होंने दुनिया छोड़ दी। माँ की मृत्यु से कलावतती को जितना दु:ख हुआ, उससे अधिक दु:ख यह जानकार हुआ कि उनकी माँ की मृत्यु के बाद उनके पिता के बंधु-बांधवों ने उनके घर को जगह-जगह खोदकर उसमें से धन उखाड़ दिया···धन प्राप्ति की इस लिप्सा में वे मृतक का ठीक प्रकार से दाह-संस्कार भी करना भूल गए। यही नहीं, सारी जमीन का बंदरबाँट भी कर लिया गया। कलावती का कोई भाई नहीं था···और न ही कोई इस घृणित कार्य के खिलाफ बोलनेवाला था। कलावती का अपनी मृत्यु तक जिसने ध्यान रखा···उसके बच्चों को समय-समय पर बुलाकर स्नेह दिया तो वह थी, गंगी माई (कलावती ने अपनी मृत्यु तक अपनी बड़ी माई (गंगी माई) को हमेशा याद किया)। मैंने अम्मा को हमेशा अपने पैत्रक गाँव पकरी सेवार को याद करते सुना है। पिताजी को भी उलाहना देती थी। उनके पिता की जमीन पर अम्मा जब तक जिंदा रहीं इस बात को नहीं भूल पाईं कि उनकी माँ की संपत्ति का कैसे बंदरबाँट किया गया। गाँव पकरी सेवार में जब चकबंदी का कार्य 1980 के दशक में प्रारंभ हुआ तो अम्मा व उनकी बहन प्रभावती के नाम जमीन आई। पिताजी ने उसको प्राप्त करने का कोई प्रयास नहीं किया परंतु पिताजी के अंतकाल के पश्चात् अम्मा ने ये पुरानी बातें याद कर मुझसे जमीन पर कब्जा प्राप्त कर उसपर कोई सामाजिक कार्य करवाने को कहा। अम्मा इस बात से दु:खी व क्रोधित थीं कि पकरी के

उनके दूबे परिवार के बंधु बांधव ने उन्हें मृतक दिखाकर भूमि अपने नाम करने का प्रयास किया। अम्मा के कहने पर मैंने अपनी सेवाकाल के पूर्व तथा सेवाकाल में कई बार, मंत्री, जिलाधिकारी, पुलिस अधीक्षक, प्रमुख सचिव राजस्व, चकबंदी आयुक्त सभी को पत्र लिखा पर अम्मा की मृत्यु तक और आजतक जब वह भूमि हम भाइयों के नाम आ गई, हमें कब्जा नहीं मिला, क्योंकि कब्जा करनेवालों को किसी-न-किसी प्रकार सत्ता पक्ष के मंत्री व नेताओं का वरदहस्त प्राप्त था।

आगरा सेंट्रल जेल में बेड़ियों के साथ रामप्रताप का प्रवेश

पहले तो रामप्रताप को काल कोठरी में रखा गया (वह कक्ष, जहाँ फाँसी के 24 घंटे पहले कैदी को रखा जाता है) जहाँ या तो वंदेमातरम् व देश भक्ति के नारे सुनाई देते थे या फिर कैदियों के रोने की आवाज। प्रताप ने लगभग 15 दिन इस कोठरी में रात भर जागकर, कभी कभार दिन में सो कर काटे। रोनेवाले कैदियों को रामप्रताप डरपोक कहकर डाँट भी लगाई और मृत्यु को हँसकर गले लगाने के प्रवचन भी दिए...रामप्रताप को लगने लगा था कि किसी भी दिन उसे फाँसी दी जा सकती है। अतः उसने जेलर से कॉपी-पैंसिल माँगकर पहली पुस्तक लिखना प्रारंभ किया।

"विद्रोह के पथ पर"

प्रताप को दुःख था कि इस बंद कोठरी में वह देश के लिए कुछ नहीं कर पा रहा है। अतः उसने निर्णय लिया कि पुस्तक के माध्यम से देश प्रेमियों को लड़ने का संदेश दिया जाए। प्रताप को आभास होने लगा था कि अभी आजादी जल्द मिलनेवाले नहीं है...अभी और संघर्ष करना होगा। इसी कारण विद्रोह के पथ पर चलने के लिए भारत की नई पीढ़ी को संदेश देना उसने आवश्यक समझा। काल कोठरी में रहते हुए रामप्रताप

के पास लिखने के लिए पर्याप्त समय था···अतः उसने कई पेज लिख डाले, जिन्हें वह बगल के कमरों में रोज नए आनेवाले आगंतुकों को पढ़–पढ़कर सुनाया करता था। दिन भर बगल की कोठरियों में आनेवाले नए लोगों की आवाज और प्रातः कोठरी में पसरा सन्नाटा। रामप्रताप जान चुका था कि नए आगंतुक के समान एक दिन उसकी कोठरी भी शांत हो जाएगी और कोई अन्य आगंतुक उसकी कोठरी में प्रवेश करेगा। फाँसी पर झूलने की कल्पना कर प्रताप पुलकित हो जाता था···मानो नया खिलौना, नया खेल उसे मिलनेवाला है।

एक दिन शाम प्रताप को काल कोठरी से निकाल कर सामान्य बैरक में ले जाया जाता है···प्रताप के पूछने पर बताया जाता है कि उसके खिलाफ और मुकदमे दर्ज हैं जिनका ट्रायल होना है···और प्रारंभ होता है, 1943 से रामप्रताप के विरुद्ध मुकदमों की सुनवाई। सरकार द्वारा प्रताप को न चाहकर भी एक वकील दिया गया जो प्रताप के केस में लड़ने के बजाय प्रताप को माफी माँगने के लिए समझाया करता था। प्रताप शांत रहे···प्रताप को अन्य कैदियों की तरह रस्सी बँटने के लिए जूट का बंडल दिया गया। रामप्रताप एक दिन मेस से सब्जी के छिलकों में आग ले आया और जूट व सन को सब कैदियों के सामने यह कहकर जला दिया कि ये रस्सी उन्हें फाँसी देने और बाँधने के लिए बनवाई जा रही है। कुछ कैदियों ने प्रताप का साथ दिया। प्रताप को 5 बेंतों की सजा दी गई, वह भी बैरक के नीचे खुले स्थान पर ताकि अन्य कैदी देखें। जमीन में गाड़कर व पत्थर के पोल से सहारा देकर खड़ी की गई पत्थर की पट्टी···जिस पर प्रताप को पेट के बल दोनों हाथ फैलाकर चिपकाकर खड़ा कर दिया गया, बदन नंगा कर एक कपड़े का अँगोछा पहनाकर। जेलर के इशारे पर जल्लाद द्वारा टब में भरे तेल में डुबोकर रखा गया मोटा बेंत निकालकर दोनों हाथों में पकड़कर पूरी शक्ति से प्रताप के नितंबों पर, कभी कमर पर मारा

गया···हर बार प्रताप के मुँह से 'वंदेमातरम्' निकला···आखिरी बेंत पर प्रताप बेहोश होकर लुढ़क जाता है। उसे उठाकर जमीन पर लिटाया जाता है···मुँह पर पानी छिड़क कर उसे होश में लाया जाता है, फिर उसकी बैरक में ले जाकर छोड़ दिया जाता है···रात भर तड़पने के लिए···प्रताप के साथ यह चक्र कई बार चला···कभी जज द्वारा दी गई सजा के एवज में और कभी प्रताप को हराने के लिए स्वयं जेलर के निर्देश पर, परंतु जेल में प्रताप की लेखनी बंद नहीं हुई। वह चोरी छुपे क्रांतिकारी साहित्य लिखता रहा और इसी दौरान विद्रोह के पथ पर पूर्ण हुई···'सुलगते अँगारे' दूसरी पुस्तक भी प्रताप ने आगरा जेल में ही लिखी। अलग-अलग पन्नों में लिखकर उन्हें जेलर के घर तो कभी साथियों के बिस्तर में छुपाकर रखा। आगरा सेंट्रल जेल में एक भारतीय जेलर आया। प्रताप को बेंत की सजा देने के बाद जब प्रताप रात में कराह रहा था···वह भी अपना मुँह दबाकर ताकि साथी कैदी न सुनें···उसे लगा कि बैरक का ताला खोला गया··· उसने करवट लेकर देखा···नया जेलर अपने हाथ में एक पोटली लेकर आ रहा था। बेंत की सजा देते समय इस जेलर के चेहरे पर उठी वेदना को प्रताप ने देखा था। अतः जेलर को आते हुए देखकर उसे अच्छा लगा··· उसने मुसकराकर जेलर का स्वागत किया···जेलर चुपचाप जमीन पर बैठ गया और पोटली खोलकर प्रताप के पीठ पर हल्दी-प्याज को लगाने लगा। प्रताप ने चुपचाप जेलर के इस अप्रत्याश्चित स्नेह को स्वीकार किया। उसे इससे अत्यधिक आराम मिला। कुछ देर में जेलर ने अपनी जेब में रखी पुरानी धोती से फाड़े हुए टुकड़ों को प्रताप के चारों ओर लपेट दिया। कुछ कैदी जाग गए थे···परंतु सब चुपचाप लेटे-लेटे यह अभूतपूर्व दृश्य देख रहे थे···वे जानते थे कि जेलर का यह कृत्य जेलर की नौकरी ही नहीं ले सकता है उसे बागी भी घोषित करा सकता है। लगभग डेढ़ घंटे में जेलर ने यह कार्य किया और प्रताप के सिर पर हाथ रखकर जाने

लगा। प्रताप पहली बार रोया···जेल के लगभग 3 वर्षों में पहली बार किसी ने इतना स्नेह दिया। जेलर शांत भाव से बैरक के दरवाजे पर ताला बंद करके चला जाता है। इसी जेलर के प्रयास से जेल न्यायालय में यह सिद्ध हो जाता है कि वास्तव में प्रताप 18 वर्ष का नहीं था, जब उसने स्टेशन जलाए और प्रताप की फाँसी माफ कर दी जाए और इसी कारण प्रताप की फाँसी टलती रही। निर्णय होता है कि जितने दिन वह जेल में रहेगा वहीं उसकी सजा होगी···क्योंकि प्रताप को जेल में ही रखकर उसके ऊपर लगे मुकदमों की सुनवाई होगी और जेल में उसका अवस्थान उसकी सजा में गिना जाएगा। ब्रितानी जज के इस निर्णय का अभिप्राय यही था कि प्रताप को मृत्युपर्यंत जेल में रहना पड़ेगा, क्योंकि उसके मुकदमे की सुनवाई जेल में ही होगी···और प्रताप के खिलाफ इतने मुकदमे थे कि उनकी सुनवाई कभी समाप्त/पूर्ण नहीं होनेवाली थी।

1946 में भारतीय राष्ट्रीय कांग्रेस से समझौता करने के लिए माउंट बेटन को भारत भेजा गया।

सेनानियों को फाँसी पर लटकाने की गति में कुछ विराम हुआ। प्रताप के मुकदमों की सुनवाई में हो रही तेजी भी कम हुई। अब 5–6 दिन बाद सुनवाई होने लगी। इस दौरान प्रताप को कई बार फाँसी के लिए या उसे डराने के लिए कई बार कई–कई दिन काल कोठरी में रखा गया, लेकिन प्रताप की अकड़ कम नहीं हुई। आगरा जेल में जाकर प्रताप ने दाढ़ी व मूँछ एक भी दिन नहीं कटवाई। एक दिन जेल में समाचार आया कि आजादी की लड़ाई में जेल में निरुद्ध अथवा जिन्हें DIR व MISA में जिन्हे बंद किया गया है, उन कैदियों की सूची और उनका विवरण तैयार कराया जाए। अन्य कैदियों के साथ रामप्रताप का विवरण भी नोट किया गया। सबको आभास हो गया था कि या तो उन्हें कालापानी के लिए अंडमान भेजा जाएगा या फिर और कहीं। किसी सेनानी को आभास

नहीं था कि छूटनेवाले हैं और एक दिन जेल में समाचार पत्र दिखे, जिसमें पता चला कि माउंट बेटन और गांधी, नेहरू के लिए बीच एक समझौता हुआ, जिसमें भारत को स्वतंत्रता दी जाएगी। इस समझौते की पहल के रूप में जेल में निरुद्ध स्वतंत्रता सेनानियों को General Amnesty के अंतर्गत जेल से तुरंत रिहा किया जाएगा। वह दिन भी निश्चित कर दिया गया, जिस दिन स्वतंत्रता सेनानियों को छोड़ा जाएगा। सभी खुश हैं। जेल के अंदर रामप्रताप से पूछा गया कि यदि वह इलाहाबाद जाना चाहता है तो उसे पुलिस के साथ भेज दिया जाएगा, पर प्रताप ने कहा कि वह जल्दी--से-जल्दी आजादी की खुली हवा में जाकर साँस लेना चाहता है। जेल के मुख्य द्वार पर आगरा व आस-पास के कांग्रेसी जमा हुए। आज सेनानियों को जेल से छोड़ा जाएगा। सभी कैदी पश्चिमी उत्तर प्रदेश के थे। अतः उनके हजारों की संख्या में परिवारजन लेने आए। रामप्रताप अकेला ऐसा व्यक्ति था, जो इलाहाबाद का था। अतः उसे लेनेवाला कोई संबंधी नहीं आया। आता भी कौन और कैसे ? इलाहाबाद में तो यही खबर थी कि प्रताप को फाँसी दे दी गई है।

आगरा जेल के बाहर कांग्रेसियों की भीड़ थी। जेल कर्मियों ने रामप्रताप से मिलाकर उनका परिचय कराया। कुछ कांग्रेसी अधेड़ व कुछ बुजुर्ग थे। वे प्रताप को पास से देखकर भावुक हो गए। इतनी कम आयु इतना बड़ा क्रांतिकारी ? कोई प्रताप को गले लगाता तो कोई उसका मुँह पकड़कर चूम लेता। प्रताप ने आज नहाकर अपने खादी के पैजामे, कुरते को धोकर पहन रखा था और सिर पर नेहरू टोपी। इसी वस्त्र को पहने हुए वह पकड़ा गया व नैनी जेल में आया था। आगरा जेल में उसे भेजते समय उसका सारा सामान भेजा गया था। प्रताप के बगल में लटका झोला उसमें अखबार में लिपटी कॉपियाँ, एक कपड़ा, जिसमें प्रताप की माँ ने कुछ रोटियाँ बाँध कर प्रताप को दी थी...1942 में जब वह गाँव से

निकला था 'भारत छोड़ो' आंदोलन में भाग लेने। उसका 'पाथेय'। प्रताप को लेकर पैदल ही वे कांग्रेस के दफ्तर में ले गए''यह किसी का घर था और उसमें तख्त व बिस्तर लगा था। प्रताप को उन्होंने कुछ खिलाकर, जिसमें खोये के लड्डू व रोटी थी''प्रताप को अपने ही सामने तखत पर लिटवा दिया। प्रताप कई साल बाद ऐसे बिस्तर को पाकर खुश था''लोगों से अनुमति लेकर उसने कुरता-पैजामा उतारकर अँगोछा लपेटा और फिर लेट गया। प्रताप के नींद में करवट लेने पर सबने देखा कि प्रताप के कमर से लेकर पैर तक काले डंडों के निशान हैं। प्रताप के जागने तक वे सब एक-दूसरे का चेहरा देखकर प्रताप के ऊपर जेल में की गई यातना व बेंत की सजा की कल्पना कर अत्यंत दुःखी थे। इतनी कम उम्र के बालक पर इतना अत्याचार'' ? मारनेवालों को तनिक भी दया नहीं आई। सब जानते थे कि मारनेवाले जल्लाद कोई और नहीं, हम भारतीय ही रहे''पर किसी ने कोई आवाज नहीं की, कहीं प्रताप जाग न जाए। पर एक-एक कर ये लोग बाहर निकल कर आते और अपने लोगों से चर्चा कर रहे थे। इस बात का इतना प्रचार हो गया और प्रताप को देखने व मिलनेवालों की भीड़ लग गई। प्रताप कोई 6-7 घंटे सोकर उठा''सायं हो चुकी थी''सब उसे आकर प्रेम व श्रद्धा से देख रहे थे''प्रताप ने उठकर क्षमा-याचना करते हुए कहा कि वह सबको बैठाकर खुद सो गया''पता नहीं चला कब लेटा और कब सो गया। प्रताप ने उठकर अपने घर इलाहाबाद जाने की इच्छा रखी तो उसके साथ कई युवक चलने को तैयार हो गए। प्रताप ने बहुत समझाने का प्रयास किया कि वे परेशान न हों''उसे किसी ट्रेन में बिठा दें, वह पहुँच जाएगा''पर उसकी सुननेवाला कोई नहीं था। रात में 14-15 नव युवक तैयार होकर प्रताप को स्टेशन ले आए। प्रताप को स्टेशन तक छोड़नेवाले कांग्रेसियों की पर्याप्त संख्या थी''सभी ने प्रताप को ट्रेन में चढ़ाया और प्रताप दिल्ली आया। दिल्ली स्टेशन पर जश्न मनाया जा

रहा था। लोग बाहर से आ रहे थे···प्रताप ने साथियों के साथ स्टेशन पर रुककर ट्रेन की प्रतीक्षा की। इस दौरान प्रताप को देखकर दिल्ली स्टेशन पर भी लोग उत्सुक थे, वे प्रताप व आगरा के सहयोगियों को दूर से देख रहे थे और प्रताप की बहादुरी अपनी कल्पनाओं के आधार पर एक-दूसरे से बता रहे थे···स्टेशन जलाकर अंग्रेजों को मारा, जेलर को मारा और जेल में आग लगाई। कितने साल जेल में रहा, बेंतों से पीटा गया, पर 'वंदेमातरम्' ही इसके मुँह से निकला। आगरा के साथी भी प्रताप की प्रशंसा कर रहे थे और लोगों से प्रताप की प्रशंसा सुनकर गर्व कर रहे थे कि वे प्रताप के साथ हैं। वे भी प्रताप की प्रशंसा अपनी कल्पनाओं के सहारे कर रहे थे···अंग्रेज इसको सजा देते रहे···माफी माँग लेता तो छूट जाता, पर 'अंग्रेजो देश छोड़ो' और 'वंदेमातरम्' की आवाज ही इसके मुँह से निकली। हम उसके साथ इलाहाबाद जा रहे हैं, उसे घर तक छोड़ने का आदेश है। (अगली ट्रेन में बैठकर प्रताप व साथी इलाहाबाद के लिए चल देते हैं और इसी प्रकार इलाहाबाद से मेजा रोड स्टेशन आते हैं)

पिताजी दिल्ली रेलवे स्टेशन के उस पल को हमेशा याद करते थे। जब दिल्ली रेलवे स्टेशन पर उन्हें पता चलता है कि भारत का विभाजन हो चुका है। यह समाचार सुनकर वह दु:खी हो गए थे। जेल में उन्हें बाहर हो रहे अंग्रेजों के इस नए षड्यंत्र का पता नहीं चल सका था।

पिताजी जब कभी भारत में किसी स्थान पर हिंदू-मुस्लिम दंगों की खबर पढ़ते या सुनते थे, तो यही कहते—अंग्रेजों का बोया बीज आज फल-फूल रहा है। पिताजी एक दिन छात्रावास में आए। जब वे छात्रावास में आते थे, मेरे साथी आकर उनसे मिलते थे और उनको सुनते थे, क्योंकि पिताजी अपनी शिक्षाओं में कोई ऐतिहासिक घटना का अवश्य वर्णन करते और हम सभी छात्र जो आई.ए.एस. और पी.सी.एस. बनने का लक्ष्य लेकर आए थे, उनकी बातों से अपना ज्ञानवर्धन करते थे। मुझे एक घटना याद है,

जब देश के किसी भाग में हिंदू-मुस्लिम दंगा हुआ था—शायद मुरादाबाद या अलीगढ़ में। पिताजी मेरे कमरे में बैठे थे और हम छात्र बगल के तख्त और कुछ कुरसियों पर जो बगल के कमरों से सहपाठी लेकर आए थे, क्योंकि एक कमरे में एक ही कुरसी होती थी। पिताजी आज भारत विभाजन को ही याद कर रहे थे तथा पहली बार जब उन्होंने दिल्ली रेलवे स्टेशन पर यह बात सुनी तो वे कितने दुःखी हुए, उसको बता रहे थे। बोले कि मैं ट्रेन में बैठा था। आगरा से कुछ नवयुवक मेरे साथ थे, मुझे घर पर छोड़ने आ रहे थे। कई घंटों का सफर था, मैं बैठा-बैठा सोच रहा था, वंदे मातरम्—मैंने भारत माँ का कई बार जेल में और उसके पहले भी चित्र बनाया था। एक महिला का हर बार उसी प्रकार का चित्र बनाता था—भारत का नक्शा कश्मीर सिर, कच्छ व सिंघ, दोनों हाथ और दक्षिण भारत, उनका पैर। यही कल्पना मेरे भारत की प्रतीक थी और इन्हीं माता के हाथों में मैं लोहे के चेन की बेड़ियों को बनाकर रोता था और उन्हें तोड़ने की कसमें खाता था। पिताजी ट्रेन की उस याद को बताते-बताते रुआँसे हो जाते हैं, उनकी आँखों में आँसू आ जाता है, जब वे बोलते हैं कि ट्रेन में बैठे-बैठे मैंने उस माँ के चित्र को पहली बार देखा कि उनका दाहिना हाथ कट गया है और बायाँ हाथ चोटिल होकर रक्त रंजित होकर निस्तेज होकर लटका हुआ है। पहली बार भारत विभाजन का समाचार और भारत माँ के इस रूप को याद कर कुछ आक्रोश में आकर बोलते हैं कि ट्रेन में ही एकाएक मैं घबराकर बोल पड़ा कि भारत माँ को इस हालत में करने का अधिकार गांधी और नेहरू को हमनें नहीं दिया था, किसी सेनानी ने नहीं। चंद्रशेखर, राजगुरु, भगत सिंह, बिस्मिल किसी ने नहीं। पिताजी फिर याद करके कुछ दुःखी होते हैं। फिर कहते हैं कि मेरे साथी व ट्रेन में बैठे कुछ अन्य लोग मेरे इस आचरण से कुछ विचलित होते हैं और मुझे एकाएक यह आभास होता है कि मैं ट्रेन में हूँ। गांधी और नेहरू के विरुद्ध कुछ भी बोलना असामान्य

था। अतः मैं चुप हो गया और मेरे हृदय की पीड़ा ने एक पंक्ति लिखी थी, जिसे मैंने कहीं भी नहीं लिखा बस आज तक मन में लिये हूँ।

"अंग्रेजों से लड़कर हमने भारत को आजाद किया है।

देश विभाजित करने का, नहीं तुमको अधिकार दिया है॥

माँ के जिन हाथों में हमने, आभूषण पहनाया था।

क्षीण हुई आभा अब उनकी, युग कैसा यह आया था॥"

पिताजी से मैंने उसी समय पूछा था—पिताजी, आपने ये पंक्ति लोगों को नेहरू, पटेल को सुनाई थी? पिताजी ने बताया कि भारत की आजादी का जश्न पूरे भारत में मनाया जा रहा था। उस समय यह पंक्ति सुनाना ठीक नहीं था। बस मन में एक विचार आ गया था, क्योंकि आजादी से जो प्रसन्नता मुझे मिली थी, भारत विभाजन का समाचार उसपर कुठाराघात था, मैं सह नहीं पा रहा था।

हम सभी छात्र, सहपाठी पिताजी की इन पंक्तियों पर हमेशा चर्चा करते थे और भारत विभाजन से उन्हें कितना दुःख हुआ था, इसे एक-दूसरे को बताते थे। जिन गांधी और नेहरू के आह्वान पर उन्होंने 1942 में 'भारत छोड़ो' आंदोलन में भाग लिया, यातनाएँ सहीं, उन्हीं गांधी-नेहरू के इस निर्णय से कितने क्षुब्ध थे, इसका हमें पहली बार आभास हुआ था।

मुरादाबाद ट्रेनिंग कॉलेज-बैरक का दृश्य

भोर हो रही है···प्रताप रात भर बैरक में बैठा पूरी रात सोच रहा था कि किस प्रकार वो स्वाधीनता के आंदोलन में कूदा था···और रात बीत गई। एकाएक आभास होता है कि वह मुरादाबाद ट्रेनिंग कॉलेज में है। सामान पैक करने लगता है, उसकी आज ट्रेनिंग पूरी हो गई है और उसे

जिले के एक थाने में Posting की गई है··· फतेहपुर जिला। वह सामान बाँधकर अपने साथियों से गले मिलता है और अकेले बाहर निकलता है, होल्डॉल अपने पीठ पर रखे तथा लोहे के बक्सा हाथ में पकड़े···वह बैरक से निकल रहा है अकेला···क्योंकि उसके साथी दो माह पूर्व ही जा चुके थे, प्रताप को सजा के रूप में दो माह और रुकना पड़ा था। यही दो माह उसके लिए दो साल से भी अधिक भारी पड़े। इन्हीं दो माह में उसने सबकुछ देख लिया। वह जान गया कि आनेवाला समय उसके लिए कठिनाई और चुनौती का समय है।

थाना–फतेहपुर

फतेहपुर पुलिस स्टेशन पर एक ताँगा रुकता है, उससे प्रताप उतरता है और थाने में प्रवेश करता है।

प्रताप फतेहपुर थाने पर पहुँचकर सबसे मिलता है। उसके बारे में पहले से थाने पर तैनात पुलिसवालों को पता था। सब प्रसन्न थे, परंतु थानाध्यक्ष रायबहादुर प्रसन्न नहीं था।

रायबहादुर, "प्रताप, पुलिस डिसिप्लिंड महकमा है। अनुशासन समझते हो न!"

प्रताप, "हाँ, समझता हूँ और कैसे तोड़ा जाता है, वह भी जानता हूँ।"

रायबहादुर, "हाँ, तो पहले जो बोला, समझता हूँ। उसी के अनुसार रहना, दूसरे वाले से दूर रहना, सोचना भी मत, समझे?"

प्रताप, "नहीं समझा।"

रायबहादुर, "समझा दूँगा, मौका पड़ा तो। तुम चिंता मत करना।"

प्रताप, "चिंता तो हो रही है।"

रायबहादुर, "काहे की?"

प्रताप, "मैं आपका सहयोगी हूँ कि आपका दुश्मन?"

रायबहादुर, " *(सकपकाकर)* दुश्मन क्यों, मेरे सहयोगी हो। मातहत, मेरे मातहत। हमें मिलकर थाना चलाना है। सबकुछ परफेक्ट करना है।"

प्रताप, "आप विश्वास रखिए, मैं पूरी निष्ठा और मेहनत से देश की सेवा करने आया हूँ।"

रायबहादुर, "देश की सेवा? अरे थाने पर तैनात हो। थाने की सेवा करो। प्रधानमंत्री को देश की सेवा करनी है, तुमको नहीं।"

(प्रताप चुपचाप हतप्रभ है।)

रायबहादुर के जाने पर प्रताप रात में मुंशी के पास आता है।

प्रताप, "मुंशीजी, क्या दरोगा ऐसे ही बोलते हैं?"

मुंशी, "शायद तुम गलत थाने पर आ गए हो। एस.ओ. साहब बड़े अफसरों के चहेते हैं। ये जिला क्रांतिकारियों का जिला है। हर गाँव में क्रांतिकारी थे। आई.जी. साहब ने इन्हें भेजा यहाँ क्रांतिकारियों को मारने और दबाने के लिए। इन्होंने खूब आग पर मूता, तभी रायबहादुर की पदवी मिली। असली नाम तो है, जयचंद, पर लिखते है—रायबहादुर।"

प्रताप चुपचाप सुनता है और मुसकराता है।

प्रताप अपनी पत्नी को पत्र लिखता है—

"अभी लड़ाई बाकी है। जयचंद और जयद्रथों से लड़ना है। अब इनके बीच आ गया हूँ। शायद तुम ठीक कहती थीं। झंडा बदलने से लोग नहीं बदल जाते। अब तो लड़ाई अपनों से लड़नी होगी···।"

प्रातः

प्रताप थाने की हिस्ट्रीशीटर बोर्ड पर लिखे नामों को पढ़ता है–विक्रम राठौर, नेकचंद, तिलकचंद, बृजराज···सहसा सोचने लगता है और उसे नैनी जेल की घटना याद आ जाती है।

जेलर के सामने—*(जेल का दृश्य स्मरण करता है)* कई कैदी खड़े हैं, प्रताप भी, सब अपना नाम बता रहे है, 'नेकचंद' दूसरा कैदी 'तिलकचंद', जिला–फतेहपुर··· ।

प्रताप मुंशी के पास जाकर पूछता है, "नेकचंद और तिलकचंद देशद्रोह में नैनी जेल गए थे। क्या ये वही दोनों भाई हैं?"

मुंशी *(रजिस्टर देखकर पढ़ता हुआ)*—

"हाँ डेढ़ साल सजा हुई थी, दोनों को। करेंसी जलाई थी।"

प्रताप, "इन्होंने क्या अपराध किया?"

मुंशी, "और कोई नहीं, बस यही सजा थी। हिस्ट्रीशीट बनी कि निगरानी रखी जाए, दोबारा न करें।"

प्रताप, "दोबारा न करें? क्या न करें?"

मुंशी, "कोई अपराध।"

प्रताप, "क्रांतिकारी है, अपराध क्यों करेंगे? इनका नाम तो इसमें से हटाना चाहिए।"

मुंशी, "लिस्ट में सभी वैसे ही लोग हैं, पर हम हटा नहीं सकते।"

प्रताप, "तो कौन हटायेगा?"

मुंशी, "एस.ओ. साब को बोलिए। वो लिखेंगे ऊपर तो शायद बदल जाए।"

प्रताप सुबह एस.ओ. से कहता है, "स्वतंत्रता सेनानियों का हिस्ट्रीशीटर लिस्ट से नाम हटना चाहिए, इसे हटवाइए।"

एस.ओ., "मेरे हाथ में नहीं है। मैं लिखता हूँ सी.ओ. साब को। *(प्रताप से)* तुम अपना काम देखो, ये मेरा काम है।"

पिताजी स्वतंत्रता आंदोलन से इतने अधिक जुड़े थे कि उनके पहनावे, रहन-सहन, बातों—सभी में एक क्रांतिकारी व्यक्तित्व की झलक दिखाई देती पड़ती थी। यही कारण था कि स्वतंत्रता सेनानियों की बातें करना, खादी से प्रेम जीवन भर उनके साथ रहा।

फतेहपुर की एक घटना उन्होंने बताई, मुझे कभी नहीं भूलती है। जेल में कई वर्षों तक रहे और कैदी के कपड़े पहनने पड़े। 1942 के आंदोलन में जैसे ही कूदे, कुछ महीनों में ही गिरफ्तार हो गए। छुपकर रहना पड़ता था। खादी के कपड़े पहन नहीं पाते थे। 1948-49 में सब-इंस्पेक्टर पुलिस

ट्रेनिंग के लिए पुलिस प्रशिक्षण कॉलेज, मुरादाबाद जाना पड़ा। वहाँ भी अनुशासन और खाकी कपड़े। अत: जब देश आजाद हुआ तो खादी के कपड़े धोती-कुरता, टोपी लगाने की दबी हुई इच्छा को पूरा करने लगे। जिले में पहली पोस्टिंग होते ही खादी भंडार से धोती-कुरता, टोपी के कई सेट खरीदे और थाने में भी यही कपड़े पहनने लगे। अधिकांश साथी पुलिस अधिकारी इससे प्रसन्न होते थे, क्योंकि वे पिताजी के विषय में परिचित थे, परंतु अंग्रेजी मानसिकता के बड़े पुलिस अधिकारी जो आजाद भारत में प्रोन्नत पाकर उच्च पद आ गए…इससे प्रसन्न नहीं थे, या यों कहें कि चिढ़ते थे। पिताजी को थानाध्यक्ष या डिप्टी एस.पी. ने समझाया, पर पिताजी कहाँ सुननेवाले? जब कभी परेड हो या क्षेत्र में किसी अभियान पर जाना हो, तभी वर्दी पहनते अन्यथा सफेद खादी का धोती, कुरता, टोपी। एक बार थाने का मुआयना था। पुलिस अधीक्षक आनेवाले थे। पिताजी को धोती-कुरता, टोपी में देखकर डिप्टी एस.पी. ने समझाया कि वर्दी पहन लो। पिताजी नहीं माने और उसी पोशाक में एस.पी. से मिले। एस.पी. क्या करते, उन्होंने खीज थानाध्यक्ष व डिप्टी एस.पी. पर उतारी कि तुम लोग प्रताप को अब तक कंट्रोल नहीं कर पाए, तो थाना कैसे चलाओगे? पिताजी का कहना था कि जो अधिकारी खादी की धोती-कुरता, टोपी से चिढ़ता था, वह कैसा देश प्रेमी? पिताजी की इन सब बातों से मुझे दो बातों का आभास हुआ। पहला यह कि पिताजी को खादी वस्त्र व टोपी से अगाध प्रेम था, क्योंकि यह स्वतंत्रता आंदोलन का द्योतक था। दूसरा यह कि पिताजी का प्रारंभिक जीवन विद्रोही का जीवन था। जेल में भी वे विद्रोही प्रवृत्ति के ही थे। वे उस अवस्था के हमेशा खिलाफ रहे, जो राष्ट्रधर्म का विरोध करती थी या राष्ट्रप्रेम की भावना के अनुकूल कार्य नहीं करती थी। अत: आजाद भारत को अंग्रेजी से विरासत में मिली व्यवस्था में उसी प्रकार से कार्य करनेवाले अधिकारियों की अवज्ञा करना पिताजी के चरित्र में था। उन्होंने

वैसा ही किया, जो उनकी आत्मा कहती थी। इसी कारण जहाँ पिताजी का कुछ अधिकारी अत्यधिक सम्मान करते थे, वहीं कुछ अधिकारी अत्यंत विरोध करते थे, चूँकि अंग्रेजी मानसिकता के अधिक अधिकारी थे। अतः पिताजी को रह–रहकर प्रताड़ना व षड्यंत्र झेलना पड़ा।

तीन दिन बाद

प्रताप, *(मुंशी से)* "अभी भी नहीं हटा?"

मुंशी, "सी.ओ. साब कप्तान साब को लिखेंगे। उनका मुआयना जब होगा, तभी हट पाएगा, क्योंकि नए नाम भी तो ढूँढ़ने होंगे।

प्रताप, "नए नाम? अगर कोई अपराधी न हो, तब?"

मुंशी, "बोर्ड खाली तो नहीं रहेगा, सर।"

प्रताप, "कितना समय लगेगा?"

मुंशी, "6 महीने में कप्तान साब का मुआयना होगा।"

प्रताप आक्रोश में है। उसी समय थाने में एक गिरे हुए सूखे पेड़ को कुल्हाड़ी से काटा जा रहा है। कुल्हाड़ी की प्रत्येक आवाज प्रताप पर आघात सी लग रही है, यह आवेश में आकर कुल्हाड़ी छीन कर हिस्ट्रीशीट बोर्ड को फाड़ देता है, कुल्हाड़ी से मारकर…

(मुंशी घबरा जाता है)

मुंशी, "ये क्या किया आपने, सर?"

इसी बीच रायबहादुर आ जाता है।

रायबहादुर, "प्रताप, तुमने क्राइम किया है, डिसीप्लिन ही नहीं तोड़ा, थाने की संपत्ति, सरकारी संपत्ति को नुकसान पहुँचाया है। अब तुम नौकरी नहीं कर सकते।" *(कहकर चल देता है।)*

डी.आई.जी ऑफिस (पी.टी.सी. के उप-प्रधानाचार्य अब डी.आई.जी. हो गए हैं।)

डी.आई.जी., "मैं प्रताप को जानता हूँ, मैंने उसे पी.टी.सी. में देखा है। वह भावुक इनसान है। देशभक्ति और अन्याय के खिलाफ लड़ना, उसमें कूट-कूटकर भरा है। उसे समझाना होगा। उसे सजा देने से वह नहीं बदल सकता और विद्रोही हो जाएगा। उसको तबादला कर देता हूँ। उसके लिए माकूल जगह, पुलिस लाइन, फर्रुखाबाद, वहाँ सिपाहियों को ट्रेनिंग देगा। उन्हें नए तरीके से काम करना सिखाएगा। जनता के शासक नहीं सेवक बनकर काम करने का तरीका। पुलिस को अब इसकी जरूरत है।"

पुलिसलाइन फर्रुखाबाद सिपाहियों की क्लास।

प्रताप, "जो आत्मा कहे, वो करना चाहिए। मन की बात नहीं माननी चाहिए। मन चंचल होता है। तात्कालिक सुख से प्रभावित व आकृष्ट हो जाता है। सुख वही होता है, जो दीर्घकाल तक रहे। तात्कालिक सुख को व्यसन कहा जाता है। व्यसन मानव के लिए वर्जित है। वह पाशविक प्रवृत्ति है।"

सिपाही, "*(खड़े होकर)* सर, अगर ऊपर से कोई आदेश आए, पर आत्मा कहे कि वो काम नहीं करना चाहिए, तब क्या करें? नहीं माने तो अनुशासन तोड़ना होगा और पुलिस में अनुशासन ही सर्वोपरि है।"

प्रताप, "आत्मा यदि कहे कि यह आदेश गलत है, तो उसको मत मानो। सही आदेश का पालन करना डिसीप्लिन है, गलत आदेश का पालन करना नहीं। गलत आदेश को मानना भी एक अपराध है।"

सिपाही, "पर हमारी आत्मा सही-गलत बता सकती है?"

प्रताप, "हमेशा- आत्मा हमेशा सही और गलत को बताती है। बस,

आत्मा की आवाज सुनो–मन की नहीं।"

सिपाही, "पर ऐसा करने पर हमारे खिलाफ काररवाई हो जाएगी।"

प्रताप, "मुझे बताना अगर ऐसा होता है। मैं इसी नौकरी और इसी प्रदेश में रहूँगा।"

एस.पी. फर्रुखाबाद का कार्यालय

कुछ पुलिस अधिकारी बैठे हैं।

एस.पी., "आपको पता करना होगा कि आखिर ऐसा क्यों हो रहा है? 400 में से 400 सिपाही फेल कर दिए। पढ़ाई ठीक से नहीं हो पा रही है, तो आपको देखना चाहिए था। एक साल की पढ़ाई थी। फिजिकल में सब पास, पर थ्योरी में सब फेल। किसने किसने कॉपी जाँची, पता करिये क्या कमी थी?"

एक सी.ओ., "सर, मैंने पूछा था–एग्जामिनर से हमारे बीच के ही इंस्पेक्टर रैंक के अनुभवी अफसर हैं।"

एस.पी., "अनुभवी? तभी सब को फेल कर दिया?"

सी.ओ., "जी सर, अनुभवी थे, इसीलिए उन्होंने फेल कर दिया।"

एस.पी., "सब हाई–स्कूल पास लड़के है, कुछ इंटर है, फर्स्ट डिवीजन भी। कैसे एक भी पास नहीं हुआ?"

सी.ओ., "क्योंकि सब का दिमाग अनुशासन तोड़नेवाला लगता है, सभी एग्जामिनर ने यही बताया।"

एस.पी., "मतलब?"

सी.ओ., "एक प्रश्न था कि यदि मौकाए वारदात जिसमें बलवा, प्रदर्शन, भीड़ का उपद्रव आदि हो रही है और आपके कमांडर या मौके

पर मौजूद पुलिस के वरिष्ठतम अधिकारी, जिसमें सब इंस्पेक्टर, इंस्पेक्टर, क्षेत्राधिकारी और कप्तान भी हो सकते हैं, द्वारा लाठी चार्ज का आदेश दिया जाता है या गोली चलाने का, तो आप उसका पालन किस प्रकार करेंगे? कुछ ने लिखा है कि प्रतीक्षा करेंगे, समझाएँगे कि समस्या स्वत: समाप्त हो जाए, लोग समझ जाए, कुछ ने लिखा कि चेतावनी देंगें।

एस.पी., "ठीक तो लिखा है..."

सी.ओ., "सर, पर सब ने एक बात लिखी है, जो किसी भी डिसीप्लिंड फोर्स के लिए गलत है, यही मेरा अनुभव कहता है और यही सब एग्जामिनर्स का।"

एस.पी., "क्या लिख डाला, जो आप इतने परेशान हैं? खुलकर बोलिए।"

सी.ओ., "यही कि ऊपर के उसी आदेश को मानो, जो तुम्हारी आत्मा कहे। आत्मा हमेशा सही राय देती है।"

मैंने कैडेट से भी यही सवाल किया कि सबने ऐसा क्यों लिखा? पहले तो किसी ने नहीं बताया, यही कहा कि यही सही है। बाद में एक ने साहस करके बताया, जब मैंने उसे जल्दी प्रोमोशन का लालच दिया कि प्रताप ने उन्हें यही पढ़ाया और यही समझाया। सारे कैडेट प्रताप को अपना गुरु मानते हैं। किसी ने पूछा कि ऐसा करने पर उनके खिलाफ कोई काररवाई होगी तो प्रताप ने जवाब दिया—

एस.पी., "क्या जवाब दिया?"

सी.ओ., "प्रताप ने कहा कि मुझे बताना यदि ऐसा कोई कहता है, मैं इसी प्रदेश में रहूँगा, इसी पुलिस की नौकरी में।"

डी.आई.जी. ऑफिस

एस.पी., "सर, मेरी राय है कि इतने विचारशील और समाजसुधारक को सहारनपुर एल.आ.यू. में भेज दिया जाए। वहाँ अभी भी पाकिस्तानी साजिश का साथ देनेवाले सक्रिय हैं। वे भारत में रह रहे हैं, लेकिन अभी भी पाकिस्तान के साथ हमदर्दी रखते हैं। उनकी मानसिकता बदलने की जरूरत है, उनकी आत्मा को जगाकर उन्हें उनकी आत्मा की आवाज सुनाने की जरूरत है और प्रताप इसके लिए बेस्ट ऑफिसर होगा। उसे जितनी हिंदी आती है, उससे ज्यादा उर्दू भी जानता है। उसका दोस्त जावेद अली भी उससे उर्दू में ही खत लिखता है, प्रताप भी उर्दू में जवाब देता है। मैंने कई ऐसे ख़तों को खोल कर देखा है।

डी.आई.जी., "क्या लिखते हैं?"

एस.पी., "दोनों एक ही दिमाग के हैं, लिखते हैं—अभी हमारी लड़ाई खत्म नहीं हुई है। पहले तो फिरंगियों से लड़ते थे, अब अपनों में पल रहे जयचंद्र, जयद्रथ और जिन्ना से लड़ना है। शायद हमारी जिंदगी में लड़ते रहना ही लिखा है।"

सभी शांत है—डी.आई.जी. भावुक होता है।

एस.पी. ऑफिस, दोनों सी.ओ. बैठे हैं।

सी.ओ., "सर, आपने तो दो लाइन बोलकर डी.आई.जी को समझा दिया। वो मान भी गए।"

एस.पी., "सी.ओ. साब, मैंने अंग्रेजों की मातहती में नौकरी शुरू की, उन्हीं से तौर-तरीके सीखे हैं। मैं जानता था कि ये बेवकूफ डी.आई.जी. कैसे समझता है? प्रताप के खिलाफ मैंने कई बार काररवाई के लिए लिखा, पर ये उसे बचा लेता था। मैं समझ गया और मौके पर सही चालें चलीं। अब सिखाए आत्मा की आवाज। साले को पता चल जाएगा—आटे दाल का भाव।"

सहारनपुर, एल.आई.यू. कार्यालय

रिक्शा आकर रुकता है। प्रताप रिक्शे पर से रखा होल्डॉल व लोहे का बक्सा उतारकर हाथ में लेता है, रिक्शेवाले को पैसा देता है कि इतने में सादी वर्दी में कुछ सिपाही दौड़कर आते हैं और प्रताप के हाथ से सामान लेकर आगे चल देते हैं। प्रताप अपने ऑफिस में बैठता है। बड़ा पुराना घर, बड़ा कैंपस के एक कोने में ऑफिस और दूसरे भाग में प्रताप के रहने के लिए घर है। सिपाही व स्टाफ उनका सामान घर में ले जाकर एक कमरे में रखते हैं। प्रताप को पूरा घर दिखाते हैं, प्रताप प्रसन्न है। कार्यालय में आकर बैठता है, और हेड क्लर्क से कॉन्फिडेंशियल नोट मांगता है। बड़े बाबू एक खाकी बड़ा लिफाफा लाते हैं, उसमें लगी लाख की सील को तोड़कर उसपर प्रताप का हस्ताक्षर करवाते हैं- प्रताप लिखता है कि found intact and sealed, opened by me today. 1 जनवरी, 1955 लिफाफे में रखा रजिस्टर को प्रताप पढ़ता है—देर रात तक।

प्रताप का ऑफिस

प्रातः

प्रताप, "डी.एम. साब से आज मिलने का समय ले लो।"

बड़े बाबू सुनकर 'जी अच्छा', कहकर दूसरे कमरे में चले जाते हैं।

प्रताप एक पत्र लिखता है, अपने पिता को, "मैंने सहारनपुर में ज्वाइन कर लिया है। मकान बड़ा है और दौड़ भाग भी कम है। इसलिए कलावती और बच्चों को यहाँ रख सकता हूँ। उनकी पढ़ाई भी ठीक से हो जाएगी।

आपका पुत्र, प्रताप।

डी.एम. आवास (प्रातः)

प्रताप साइकिल से उतरता है। बगल में पीछे से चल रहा अर्दली अपनी साइकिल खड़ी कर प्रताप की साइकिल पकड़ता है। प्रताप डी.एम. के घर की सीढ़ी पर चढ़ता है, जिसे देखकर डी.एम. का चपरासी नमस्ते करता है, क्योंकि वह प्रताप के साथ चल रहे सादे वर्दी धारी सिपाही को पहचानता है। प्रताप को ले जाकर एक कमरे में बैठाता है तथा अंदर जाता है, तुरंत लौटकर प्रताप को अंदर बुलाया है, 'अंदर चलिए' कहकर चटाई का पर्दा उठाता है। प्रताप अंदर प्रवेश करता है।

डी.एम., "आइए, इंस्पेक्टर साब।"

प्रताप, "जयहिंद सर, मैं सब-इंस्पेक्टर हूँ, अभी इंस्पेक्टर नहीं हुआ हूँ।"

डी.एम., "कल ही आदेश आया था, सरकार ने आपका आउट ऑफ टर्न प्रमोशन कर दिया है। एक्सीलेंट कार्य करनेवालों को ही ऐसा सौभाग्य प्राप्त होता है।" कहकर मेज पर रखे डाक पैड से एक पत्र निकालकर प्रताप को देता है—

प्रताप, "थैंक्यू सर, यह कैसे हुआ? मुझे तो पनिशमेंट देकर यह पोस्टिंग की गई थी।"

डी.एम., "डी.आई.जी, पी.एच.क्यू. ने बताया कि आप एक अच्छे व ईमानदार अधिकारी है, आप एक सेनानी है। हमें आपको यहाँ देखकर गर्व हो रहा है। खैर, यहाँ के बारे में आपको जानकारी हो गई होगी।"

प्रताप, "जी, सर मैंने कॉन्फिडेंशियल नोट पढ़ लिया है। मुझे क्या करना है, इसके लिए आपका मार्ग दर्शन चाहता हूँ।"

डी.एम., "प्रताप, देश को अभी 7-8 साल ही हुए आजादी मिले। आजादी के बाद देश में क्या हुआ, तुम जानते हो। अभी भी प्रो-पाकिस्तानी

इंस्टीट्यूशन मजहब की आड़ में सक्रिय है। वो भारत के कुछ और भाग को पाकिस्तान से मिलाना चाहते हैं, और सहारनपुर इनका बहुत बड़ा अड्डा है। मदरसों में ये अलगाववादी अधिक सक्रिय हो जाते हैं। वहाँ जाने वाले सीधे-साधे लोगों को भारत के खिलाफ भड़काते हैं। हाँ, कुछ पढ़े-लिखे लोग जो सियासत में अपना पैर जमाना चाहते हैं, अपना ओहदा बढ़ाना चाहते हैं, वे अपने घरों से इस मूवमेंट को चला रहे हैं। उन पर निगरानी रखनी होगी।

प्रताप, "निगरानी ही नहीं, उनके मूवमेंट को तोड़ना भी होगा, सर। मैं उन्हीं के घरों में जाऊँगा।"

डी.एम., "उनके घरों में?"

प्रताप, "जी, सर पर इंस्पेक्टर, एल.आई.यू. के रूप में नहीं।"

डी.एम., "फिर किस रूप में?"

शहर की घनी बस्ती की गली

एक मुस्लिम व्यक्ति दाढ़ी, काला चश्मा पहनकर, काजी के वेश में जा रहा है। उसे देखकर लोग उसे सलाम-आलेकुम कह रहे हैं, वह सभी को वालेकुम-सलाम कहकर जवाब देकर आगे बढ़ रहा है। एक घर के सामने आकर बोर्ड पढ़ता है—

अकबर अहमद—नेम प्लेट पढ़कर दरवाजे की कुंडी खटखटाता है। दरवाजा खुलता है। एक मुस्लिम लड़की दरवाजा खोलती है।

लड़की, "आप?"

युवक, "अब्दुल्ला (यह युवक प्रताप है)" यह सुनकर वह लड़की प्रताप को अंदर ले जाती है, दरवाजा बंद करती है।

घर के अंदर एक व्यक्ति दिखते हैं। वे उठकर प्रताप से गले मिलते हैं। प्रताप उन्हें देखकर खुश होता है। वे प्रताप को कुरसी पर बैठाते हैं।

सैयद शमशाद अहमद, "जावेद, तुम्हारे बारे में बहुत बात करता था। पी.टी.सी. में जब तुम्हारी ट्रेनिंग बढ़ाई गई और वह चला गया तो तुम्हें लेकर बहुत परेशान था। चलो ऊपरवाले की जो मर्जी है, वही होगा। तुम्हें उसी ने यहाँ भेजा है, क्योंकि तुम्हारी ही जरूरत है, इस शहर को।"

प्रताप, "मैंने सब समझ लिया है। बस, आप मुझे इशारा करते रहेंगे, काम तो मैं करूँगा।"

सैयद, "बेटा, ये लिस्ट उन लोगों की है, जो पाकिस्तान के लिए काम कर रहे हैं और लोगों के जज्बात से खेल रहे हैं।" *(यह कहकर एक पेपर देता है)* "ये वो लोग है, जो हुकूमत में अपनी हैसियत दिखाना चाहते हैं और इसी लिए फसाद करना चाहते हैं। इसमें कुछ तो ऐसे लोग है, जिनको यह गुरेज है कि उनको पार्टी में या हुकूमत में कोई ओहदा मिलना चाहिए था, उन्हें नहीं मिला। देखो जनाब, सुभान अली, इन्हें परेशानी है कि इनके फुफेरे भाई को एम.एल.ए. बना दिया गया, इन्हें बनना चाहिए था। शाहिद मियाँ, इन्हें परेशानी है कि इनके चचा को पी.आर.डी. में हल्का सरदार का ओहदा दिया गया, इन्हें नहीं। अरे भाई, इनके बड़े भाई सुभाष चंद्र बोस की फौज में सिपाही थे। इन्होंने क्या किया? ऐसे ही लोग हैं। पहली बार आए हो, खाना खाओ। अब घर देख लिया, तुम्हारा अपना घर है और ये है तुम्हारी छोटी बहन—सबा। तुम्हारी बहादुरी की पूरी कहानी इसे मालूम है। ऐसे ही आते रहना, बस ध्यान रखना कि किसी को शुबहा-शक न हो।"

प्रताप, " *(खाता हुआ)*। चचा, आप परेशान न हों। क्या कर लेंगे? देश के नाम जिंदगी कर दी है, काम आ जाएगी तो खुशी ही होगी।"

सैयद, "बेटा, ऐसा मत बोल। अल्लाह न करे तेरे साथ कुछ हो।"

प्रताप इसी प्रकार भेष बदलकर इस क्षेत्र में जाता है, उसे लोग अब्दुल्ला के नाम से जानते हैं।

प्रताप का परिवार सहारनपुर आता है। बड़ी बेटी का विवाह पहले हो चुका था। दूसरी बेटी सरला की बाल्यकाल में गाँव में ही मृत्यु हो गई। इस प्रकार बची तीन पुत्रियाँ व दो पुत्र—एक पूरा भरा परिवार जिसके आने से प्रताप प्रसन्न है कि बच्चों की शिक्षा हो जाएगी। इसी समय सहारनपुर में ही प्रताप के छोटे पुत्र का जन्म होता है। उसका नाम रखा जाता है पप्पू।

प्रताप का कार्यालय

उसका स्थानांतरण का पत्र आया है। उसकी प्रशंसा का पत्र डी.आई. जी. ने लिखा है—सहारनपुर में श्रेष्ठ कार्य करने के लिए, इंस्पेक्टर एल.आई.यू. राम प्रताप की प्रशंसा की जाती है तथा उन्हें आगरा में इंस्पेक्टर एल.आई.यू. के पद पर स्थानांतरित किया गया है। प्रताप पढ़कर खुश है—कर्मचारी दु:खी हैं, प्रताप की विदाई माला पहनाकर की जाती है। सैयद भी माला पहनाते हैं।

आगरा एल.आई.यू. का कार्यालय

घर पर ताँगा आकर रुकता है, उसमें से प्रताप का परिवार उतरता है। सादे वर्दी में सिपाही सामान उतारते हैं। सभी घर में प्रवेश करते हैं। प्रताप का ऑफिस भी घर के किनारे एक कमरे में है, प्रताप वहाँ बैठकर फाइल पढ़ता है। प्रताप आगरा में भी पाकिस्तान के एजेंट की खुफिया खबर इकट्ठा करता है। इसी बीच उसे खबर मिलती है कि पंजाब को पाकिस्तान में मिलाने के लिए पैसा देकर पाकिस्तानी एजेंट पंजाब में

विद्रोह कराना चाहते हैं और कट्टरपंथिता को आगे लाकर खालिस्तान (अलग पंजाब) बनाने का अभियान चलवाना चाहता है। प्रताप को यह सूचना एकत्र करने की जिम्मेदारी दी जाती है।

एक दिन प्रताप स्थानीय सूचना एकत्र करने कहीं शहर में गया था। दिन का समय था। घर पर केवल उनकी पत्नी कलावती और एक फॉलोवर था कि उन्हें ऑफिस में कोई आवाजें सुनाई दी। पत्नी कमरे में आई तो देखा कि तीन आदमी मुँह पर कपड़ा बाँधे सारी फाइलों को खँगाल रहे हैं। सारी गोपनीय फाइलें, जिसके विषय में प्रताप ने कलावती को बताया था कि ये बड़ी महत्त्वपूर्ण हैं, अस्त–व्यस्त थीं। कलावती ने विरोध किया, एक आदमी का हाथ दोनों हाथ से जोर से पकड़ कर आवाज लगाई—दीवानचंद···दीवानचंद···(फॉलोवर का नाम) अंदर से फॉलोवर की आवाज आई, "आता हूँ।" ये सुनकर और हाथ छूटता न देखकर दूसरे आदमी ने बड़ी टाइपराइटर मशीन उठाकर कलावती के ऊपर जोर से फेंकी। इस अप्रत्याशित चोट से उनका हाथ छूट गया और तीनों आदमी बाहर निकल कर साइकिल से भाग निकले। उस समय फोन की सुविधा नहीं थी। अम्मा की यह चोट उनके 88 वर्ष की आयु तक कष्ट देती रही। इस घटना के आधे घंटे बाद पुलिस आई और स्टाफ आया। सबकी यही राय थी कि प्रताप देश को तोड़नेवालों के खिलाफ सूचनाएँ एकत्र करता रहता है, इसी कारण यह घटना हुई। प्रताप की जिंदगी ही नहीं, उसके परिवार का जीवन भी सुरक्षित नहीं है। प्रताप का स्थानांतरण एल.आई.यू. लखनऊ में किया जाता है।

लखनऊ में प्रताप आता है तथा अपने कार्यालय में जाकर आई.जी. से मिलता है। वह चौंक जाता है, जब देखता है कि उसके आई.जी. श्री ओंकार सिंह है, जिन्होंने पी.टी.सी. (पुलिस ट्रेनिंग कॉलेज) में प्रताप की प्रशंसा की थी, वहाँ वे कभी आए थे। प्रताप उनसे मिलकर खुश है।

ओंकार सिंह प्रताप की पर्सनल फाइल देखते हैं और कहते हैं कि काफी अच्छे कार्य किए हैं तुमने। एल.आई.यू. में लगभग 12–13 साल रह लिये हो। चलो कुछ दिन और रह लो मेरे साथ। लगभग 1 वर्ष के बाद प्रताप को आई.जी. बुलाते हैं और कहते है कि प्रताप की प्रोन्नति हो गई है। शाहजहांपुर में उप–पुलिस अधीक्षक के पद पर प्रताप का स्थानांतरण होता है। शाहजहांपुर में कार्यकाल के दौरान भारत पाकिस्तान की लड़ाई होती है।

मुझे याद है, घर के सामने और बगल में खेती होती थी। बहुत बड़ा कैंपस था। खेत में पुलिस लाइंस से सिपाही आए और सुरंग बनाई जा रही थी—लकड़ी के बड़े–बड़े पाठे लाकर उसके उधर मिट्टी डाली जा रही थी। हमारे स्कूल बंद कर दिए गए थे, चूँकि हमारे बँगले के पास ही कैंटोन्मेंट था—शायद हमारा बँगला कैंट एरिया में था और एयरफोर्स के लड़ाकू जहाज दिन भर शहर के ऊपर घूमते रहते थे, दिन भर रेडियो पर समाचार चलता रहता था। हमारे लिए यह एक नया रोमांचक मनोरंजन था, पर जब घर में रात्रि में हमें भूख लगने पर भोजन नहीं मिला, तब मुझे कुछ असामान्य–सा लगा। अम्मा को रोते हुए बोलता था, भूख लगी है, कुछ खाने को दे दो, तो अम्मा मुझे पकड़कर अपनी गोद में लिटा लेती थी। मैं कक्षा 2 में था और भाई–बहन शायद कुछ समझदार थे, वे कुछ नहीं बोलते थे। पानी और नींबू का शर्बत या बेल का शर्बत पीकर सो जाते थे, पर मैं सबसे छोटा था, माँ से खाने को माँगता रहता था, "अच्छा, केवल रोटी दे दो, सब्जी नहीं, दाल भी नहीं। ऐसे ही खा लूँगा," पर अम्मा पिताजी के आदेश का भंग नहीं कर सकतीं थी। मैं रोते–रोते ही सो जाता था। सुबह भोजन मिलता था, 7–8 बजे ही उठकर मैं सबसे पहले रसोई की ओर भागता था, क्योंकि लकड़ी के चूल्हे की महक मैं सूँघ लेता था। एक–दो दिन बाद समझ भी गया था कि सुबह ही भोजन बनता है, अतः

दो-तीन दिन में यह मेरी आदत में आ गया। उस समय मैं नहीं जानता था, ऐसा क्यों हुआ, पर बड़ा होकर मुझे पता चला कि तत्समय प्रधानमंत्री ने आह्वान किया था कि हम एक समय भोजन न कर, बचाएँ और सैनिक परिवारों की मदद करें। आज जब मैं किसी होटल या रेस्तराँ में लोगों का खाते समय टीवी पर सैनिकों की लाशोंवाली फोटो-समाचार सुनते देखता हूँ, तो सोचता हूँ कि राष्ट्रीयता/राष्ट्रभावना यदि मानवीय रूप में होती तो कितना विलाप करती¨

कुछ वर्ष बाद पिताजी का स्थानांतरण ज्ञानपुर के लिए हो गया। ट्रकों में बैठकर उसी प्रकार गाय, भैंस और सामान सहित हमारा परिवार ज्ञानपुर पहुँचा।

ज्ञानपुर

मुझे ज्ञानपुर कभी नहीं भूला, आज भी सबकुछ याद है। हम लोगों का घर एक कैंपस में था, जिसमें कई अफसरों का घर था। पिताजी की पोस्टिंग डिप्टी एस.पी. के रूप में हुई थी, जिसे सर्किल ऑफिसर कहा जाता था। सामान्य भाषा में सी.ओ. साहब। हम सभी प्रसन्न थे—बँगले के पास मॉडल स्कूल था। जहाँ प्रतिदिन मैं पैदल ही पढ़ने जाता था। कक्षा 5 में चटाई पर बैठकर पढ़ते थे। बगल का सरकारी प्राइमरी स्कूल था, जिसमें बच्चे कक्षा 5 तक पढ़ते थे। हमारे स्कूल में व प्राइमरी स्कूल में इतना अंतर था कि वहाँ आलेख तख्ती पर लिखवाया जाता था, हमारे यहाँ कॉपी में पेंसिल व स्याही से—इसी के कारण मॉडल स्कूल, ज्ञानपुर का श्रेष्ठतम स्कूल था। हिंदी के अध्यापक से हम सब डरते थे, क्योंकि खराब राइटिंग होने या भाषा की त्रुटि होने पर वे हाथ से पिटाई करते थे और मुर्गा बना देते थे। इसी कारण सभी छात्रों का समय सुंदर लिखाई व अच्छी शब्दावली बनाने में लगता था। मैं कुछ अधिक सक्रिय था और

सदा मेरी प्रशंसा होती थी। परिणाम यह रहा कि मैं लिखावट व भाषा को बनाने में ही लगा रहा और मेरा रुझान साइंस व गणित विषय से कम होता गया। कक्षा 5 पास कर मैंने कक्षा 6 में दाखिला लिया। विद्यालय का नाम था, विभूति नारायण राजकीय इंटर कॉलेज। राजा बनारस के नाम पर स्थापित कॉलेज के बड़े छात्रों के साथ पढ़ने का मौका बड़े होने की सुखद अनुभूति थी। हिंदी लेखन, फिर कविताओं का लेखन व गायन आदि के कारण कक्षा और फिर विद्यालय में मेरी प्रशंसा होने लगी और कॉलेज की साहित्य परिषद, जिसमें सभी बड़े छात्र व छात्राएँ थी, का मैं भी सदस्य बना दिया गया।

पिताजी को मेरे इस अभिरुचि से काफी प्रसन्नता होती थी और वे मुझे स्वतंत्रता सेनानियों सुभाष चंद्र बोस, चंद्रशेखर आजाद, भगत सिंह, गांधीजी, पंडित नेहरू, तांत्या टोपे, लक्ष्मी बाई, राममोहन राय, विवेकानंद, लाल बहादुर शास्त्री आदि की फोटो लाकर देते और उनका चित्र बनाकर उसपर लेख लिखने को कहते। मैं परिश्रम से कार्य पूरा करता और पिताजी से प्रशंसा पाता। वह समय था कि जीवन में पिताजी से प्राप्त होनेवाली प्रशंसा से बड़ी निधि मेरे लिए कोई नहीं थी। पिताजी के कार्यों और ईमानदारी की ज्ञानपुर में चर्चा होने लगी और उनसे मिलने क्षेत्र के एम.एल.ए., एम.पी. भी घर पर आकर उनकी प्रशंसा करते थे। एक बार मंत्री, जो वही के रहनेवाले थे, घर पर आए, उन्हें आँवले का मुरब्बा, जो हमारे घर हमेशा रहता था, खिलाया गया। उन्होंने भी पिताजी की प्रशंसा की हम सभी बहन-भाई दरवाजे पर कान लगाकर सुन रहे थे। कुल मिलाकर यह वह समय था, जब हमारा पूरा ध्यान पिताजी के आस पास ही केंद्रित रहता था और कुछ करना भी होता था, तो पिताजी को प्रसन्न करने के लिए। पिताजी की प्रसन्नता हमारी पढ़ाई और हमारे आचार-विचार पर ही निर्भर रहती थी। अतः हम सभी इस पर ध्यान रखते थे।

एक दिन कॉलेज में कक्षा के बाहर उप-प्रधानाचार्य ने आकर कक्षा अध्यापक से मुझे बुलवाया। यह असहज था। अतः मैं तुरंत उनके पास गया। उप-प्रधानाचार्य मुझे लेकर प्रधानाचार्य कक्ष में गए, जहाँ एक पुलिस के दरोगा को देखकर मुझे कुछ अटपटा लगा। दरोगा अंकल मुझे एक जीप में बैठाकर हमारे घर ले गए, जहाँ सभी भाई-बहन को मैंने रोते देखा। मैं कुछ समझ नहीं पा रहा था। सभी लोग जीप में बैठकर सरकारी अस्पताल गए, जहाँ पिताजी बिस्तर पर लेटे थे, उनके सिर, हाथ, पैर में मोटी पट्टियाँ बँधी हुई थी। शक्तिपुंज को इस हालत में देखकर पहली बार मुझे निस्सहाय होने की अनुभूति हुई। पिताजी ने पास बुलाकर मुझे पुचकारा और कहा कि घबराओ नहीं, ठीक हो जाऊँगा। उनके मुख से वाक्य सुनकर कुछ ठीक लगा, पर मन अत्यंत दु:खी था, उस अनुभूति को मैंने पहली बार अनुभव किया।

कुछ दिन पश्चात् पिताजी घर आ गए, उनके पैर पर रोज ड्रेसिंग होती, हाथ पर प्लास्टर था। साथी पुलिस अधिकारियों से पिताजी को बात करते समय मुझे पता चला कि जीप का टायर फट जाने के कारण दुर्घटना हुई, जिससे पिताजी के साथ उनके सहयोगी, एस.डी.एम., श्री जी.डी. महेश्वरी भी घायल हुए, पर उन्हें अधिक चोट नहीं आई थी। यह भी पता चला कि पिताजी ने जीप के टायर पुराने व खतरनाक होने, कभी भी फट जाने की शिकायत की थी, परंतु वह बदले नहीं गए और इसी कारण यह दुर्घटना हुई। दुर्घटना के दूसरे दिन नई जीप आ गई, जिसे देखकर हमारे मन में कुछ ढांढस बँधा कि अब पिताजी का एक्सीडेंट नहीं होगा। यह दु:ख में सुख की अनुभूति थी। बाल्यकाल में छोटा-सा सुख, रोते हुए बालक को छोटा सा खिलौना जितना आनंद देता है, यह वही अनुभूति थी। कई महीने पिताजी के पैर में आई, चोट ठीक नहीं हुई, क्योंकि जीप के गेयर उनके पैर में घुस गए थे और एक्स-आर्मी डॉक्टर सर्जन बर्मन, जो

उस समय जिला चिकित्सालय में डॉक्टर थे, ने पैरों का अधिकांश मांस इसलिए काट के निकाल दिया था कि वह चोट से अत्यंत चोटिल हो गया था और पैर काटने की नौबत आ गई थी।

इसी दौरान एक रात 10–11 बजे पिताजी को सूचना मिली कि जंगीगंज में एक घर में डकैती पड़ रही है। फायरिंग की आवाज दूर-दूर तक सुनाई पड़ रही है। पिताजी वर्दी पहनकर तैयार होने लगे। हम सभी ने अम्मा ने भी जाने से रोकना चाहा, क्योंकि पिताजी के पैर-हाथ की चोट ठीक नहीं हुई थी, पर पिताजी ने हमें समझाया व तुरंत जीप में थाने की फोर्स के साथ बैठकर चले गए। हम सभी रात भर जगते रहे व वायरलेस सेट जो घर पर भी लगा था, थानों की हो रही वार्त्ता को सुनते रहे। सुबह करीब 4 या 5 बजे वायरलेस सेट से पता चला कि कुछ डकैत पकड़े गए है, जिन्हें गोपीगंज थाने लाया गया। उस दिन पिताजी दिन में 11–12 बजे आए। हम कोई भाई-बहन स्कूल नहीं गए थे। पिताजी को देखकर हम सभी प्रसन्न हुए। पिताजी ने फोन पर वाराणसी में एस.पी. को बताया कि किस तरह रात में वे मौके पर पहुँचे उनकी जीप की लाइट देखकर डकैत भागे—पिताजी व अन्य थाने की फोर्स ने उन्हें दौड़ाया और 5–6 घंटे में पकड़ लिया। हम सभी प्रसन्न थे। दिन भर स्थानीय लोगों की भीड़ पिताजी को बधाई देने आती रही और पिताजी थानों से बात करते रहे।

कुछ माह पिताजी की तबीयत ऐसी ही रही, डॉक्टर ने बताया कि पैर में नसों के कटने के कारण उनका ब्लड प्रेशर ऊपर-नीचे हो रहा है। पिताजी काम में लगे रहे और इसकी चिंता न की, परंतु रात में कभी उनके सिरदर्द के कारण उनके सिर में माँ का तेल लगाना हमें बता रहा था कि पिताजी के सिर में दर्द हो रहा है। कुछ माह बाद पिताजी ने स्वयं अपने स्थानांतरण को प्रपत्र दिया कि वे आराम करना चाहते हैं।

ज्ञानपुर भदोही में जंगीगंज में पड़ी डकैती में जहाँ पिताजी की प्रशंसा हुई, वहीं कुछ नेता नाराज भी हो गए, क्योंकि पकड़े गए डकैत उनके आदमी थे और चुनाव में उन्हें वोट दिलवाते थे।

नेताजी की सिफारिश आती है कि जिस घर में छुपे हुए बदमाशों को पकड़ा गया है, वे उसके पुराने कार्यकर्ता है, उन्हें न पकड़ा जाए, पर पिताजी उनकी नहीं सुनी। अपने एस.एस.पी. जो वाराणसी में बैठते थे, को फोन कर सबकुछ बताया। एस.एस.पी. ने पिताजी का साथ दिया। इसी प्रकार लूट व हत्या की घटनाओं में राजनीति करनेवालों के नाम आने लगते हैं जिसे लेकर पिताजी चिंतित हो जाते थे। यह था राजनीति में मूल्यों के संक्रमण काल का प्रारंभ जो आज अपने वीभत्स रूप में आ चुका है।

ज्ञानपुर मेरे बाल्यावस्था का अविस्मरणीय स्थान है। कक्षा 5 से कक्षा 10 तक पढ़ने वाले हम 4 भाई-बहन थे। अत: स्कूल से आने के पश्चात् या अवकाश दिवसों पर खेलकूद व मनोरंजक कार्य हमें खूब भाते थे। पुलिस लाइंस से प्रतिदिन रात्रि में घर की रक्षा के लिए दो सिपाही आते थे, जिन्हें कहा जाता था—चोर पहरा। चोर पहरा द्वारा रात्रि में पिताजी के देर में आने के कारण हमारे मनोरंजन के साधन होते थे—वे नई-नई कहानी सुनाते थे और दिन भर की खबरें देते थे। इन्हीं बातों में मुझे पता चला कि पिताजी द्वारा दिन-रात उबड़-खाबड़ रास्तों पर दौड़ते-दौड़ते उसकी सरकारी जीप के चारों टायर घिस गए व खराब हो गए।

मुझे याद है ज्ञानपुर से जिस दिन पिताजी के ट्रांसफर का ऑर्डर आया था, सुबह से घर पर नेताओं तथा विभिन्न प्रकार के लोगों की भीड़ सी आ रही थी—पिताजी से सब यही कह रहे थे कि आपका ट्रांसफर नहीं होना चाहिए था, जिसने कराया है, उन मंत्री का नाम भी ले रहे थे तथा कह रहे थे कि उनसे ही आपका ऑर्डर कैंसिल करवाएँगे, पर पिताजी

कह रहे थे नहीं, कि ट्रांसफर रुकवाने का काम मैंने कभी नहीं किया है; न करूँगा और अगर मेरा ट्रांसफर रुक गया, तो भी मैं नहीं रहूँगा, अवकाश ले लूँगा। एक अत्यंत बुजुर्ग एम.पी. होते थे, श्री वंश नारायण सिंह—एम.पी. थे, रूलिंग पार्टी के हमेशा रिक्शा से घर आते थे, धोती-कुरता और एक खादी का मोटा सस्ता कंबल कंधे पर रखकर—पिताजी उनका बहुत सम्मान करते थे, क्योंकि वे बहुत ईमानदार थे। वे भी आए। उनको पिताजी ने ड्राइंग रूम में बैठाया था, हम लोग दरवाजे की आड़ से सुन रहे थे—सामान्य रूप से ड्राइंग रूम में कम ही लोगों को पिताजी बैठाते थे, अत: जो कोई बैठता था, हमारे लिए कौतूहल का व्यक्ति होता था। मैं और मुझसे ढाई साल बड़े भाई, उनसे एक साल बड़ी बहन, हम तीनों इस प्रकार छुप-छुपकर बातें सुनने में बहुत मनोरंजन किया करते थे। पिताजी की बात सुनकर उन्होंने कहा था, 'पंडितजी, आप ठीक कह रहे हैं। आप का ट्रांसफर रुक भी जाए, तो मत रुकना, क्योंकि रुक गया तो सब यही कहेंगे कि मंत्री ने रुकवाया है और फिर इस पद की गरिमा गिरेगी।' वो ये भी बोले थे, 'हाँ आप जाएँगे, तो आपकी कमी सबसे ज्यादा मुझे खलेगी, पर मेरे लिए मेरा नहीं, आप जैसे अधिकारियों का मान होना अधिक महत्त्वपूर्ण है। संभवत: राजनीति का यह नया संक्रमण का काल पक्ष था, जब मूल्यों को लेकर चलनेवाले नेताओं पर स्वार्थ की पूर्ति करनेवाले नेता भारी पड़ने लगे थे।'

दो ट्रक घर में आए—एक में गाय, भैंस व उनका भूसा, नाद व उनकी सेवा करनेवाले बलबीर, जो हमारे लिए नई-नई मनगढ़ंत कहानियाँ सुनाकर मनोरंजन करते थे। उनकी एक कहानी कि उन्होंने सुस (श्वइंस एक पानी का जानवर) व घड़ियाल से लड़ाई की थी, क्योंकि वो उनकी भैंस को नदी में मारना चाहता था, मुझे आज भी याद आती है और पुलकित करती है। दूसरे ट्रक पर घर का सामान, जिसमें तख्त-होल्डॉल,

बिस्तर, ड्रम, लोहे के बक्से, जिसमें कपड़े, बरतन होते थे रखा गया, हम इस प्रक्रिया से परिचित थे और इस मौके पर हमें बड़ा उत्साह रहता था, नए स्थान पर जाने का। हम दोनों भाई जानवरोंवाले ट्रक में ड्राइवर के बगल में एक-दो सिपाहियों के साथ बैठते थे और दूसरे ट्रक में पिताजी माताजी व बड़े दोनों बहनें व बड़े भाई। ट्रक में ही रास्ते का भोजन बनकर रखा रहता था, जिसमें पूड़ी सब्जी, गुड़ होता था, जो रास्ते में और बची पूड़ियाँ नए स्थान पर प्रथम भोजन के रूप में मिलता था।

देवरिया

देवरिया का मकान बहुत बड़ा था, इसमें खूब खेत थे, फालवरों के लिए भी कमरे व अलग कैंपस था, जिसमें जानवर के रहने के कमरे भी थे। घर के खेत में खूब सब्जी व धान, गेहूँ होता था। कभी-कभी इतना हो जाता था कि इसे पुलिस लाइंस में सिपाहियों की मेस के लिए भेज दिया जाता था। हम सभी बहुत खुश थे। स्कूल में एडमिशन हुआ। हम पढ़ने लगे। मैं कक्षा 7 में, बड़े भाई कक्षा 8 में।

देवरिया पुराना परंपरावादी जैसा जिला था, जो परिवर्तन को स्वीकार करने में संकोच करता था ओर ऐसी ही परंपरा की एक घटना ने पिताजी को बहुत परेशान किया। गाँव और शहर में रहनेवाले कुछ बड़े खेतिहर लोग सी.ओ. साब के घर अपने अनाज में से एक-दो बोरा चावल-गेहूँ, आम आदि भेजा करते थे। यह परंपरा अंग्रेजों के समय से चली आ रही थी—इसे वे अपना सम्मान समझते थे। इसी क्रम में हमारे घर पर भी किसी जगह से गेहूँ चावल आम आदि आ गया। वैसे हमारी माताजी भी इस प्रकार के उपहार से असहज थीं, परंतु घर पर रहनेवाले फॉलवरों के कहने पर कि ऐसा हमेशा से होता हैं, वे कुछ अधिक नहीं बोल सकीं।

पिताजी के अधिकार क्षेत्र में चूँकि दूर दूर के 7-8 थाने थे। अत: वे 5-6 दिन पर घर आते थे। उनको पता नहीं चला कि घर में ये सब आया है, पिताजी के घर आने पर उनकी व्यस्तता व परिवार के अन्य कार्यों व खेती की बोआई आदि की चर्चा के कारण अम्मा यह बताना भूल गईं। किसी नटखट ने एक पत्र लिखकर पिताजी को बताया कि उनके घर पर गेहूँ व चावल किसी जमींदार ने भेजा है, पत्र में यह भी लिखा था कि ये जमींदार श्री यमुना सिंह ऐसे ही अधिकारियों को अपने वश में करते हैं। उस पत्र को पाकर पिताजी रात भर नहीं सोए। रात में उठकर उस पत्र को लेकर बार-बार पढ़ते थे। सुबह का मुझे ध्यान नहीं क्या हुआ, क्योंकि हम सभी स्कूल चले गए थे। शायद उनके जीवन में ऐसा पहली बार हुआ होगा। स्कूल से आकर चोरी से पिताजी के बिस्तर पर तकिया के नीचे रखे पत्र को हमनें पढ़ा तो उसमें पिताजी की प्रशंसा ही लिखी थी, उनकी ईमानदारी का गुणगान था—बस एक पंक्ति में कुछ इस प्रकार लिखा था कि आप ईमानदार अधिकारी हैं, इसलिए आपको बताना चाहता हूँ कि सी.ओ. के घर पर पुराने जमींदारों के खेतों से गल्ला जाना बंद होना चाहिए—आप इस पर ध्यान देंगे। मैं आज सोचता हूँ, ऐसा क्यों हुआ, शायद पहली बार किसी व्यक्ति ने परंपरा को तोड़ना चाहा और पत्र लिखा और शायद इस प्रकार की शिकायत जो सही थी, ने पिताजी को ग्लानि और चिंता दी और इस सीमा तक कि वे रात्रि भर सो नहीं पाए। तीन वर्ष पिताजी देवरिया में रहे। सभी लोग अत्यंत प्रशंसा करते थे—हमारे घर में आकर हम सभी को अंग्रेजी व हिंदी पढ़ानेवाले पंडित सूर्यनारायण मिश्र घर पर आकर पहले लगभग 10-15 मिनट पिताजी के किसी बड़े काम को बताते थे, फिर पढ़ाना शुरू करते थे। पैसे भी नहीं लेते थे। कभी-कभी छोटे से कागज में कुछ लिखकर उसे मोड़कर हमें देते थे कि जाओ, माँ को दे दो—माताजी पढ़ पाती थीं—वो पंडितजी के जाते समय बिना हमें दिखाए उनके हाथ में

कुछ पैसा दे दिया करती थीं, पर हमने रुपए को कभी नहीं देखा, क्योंकि वो एक कागज की पुड़िया में होता था। अम्मा पैसा छुपाकर क्यों देती थीं, उस समय हमने ध्यान नहीं दिया, परंतु आज उसके महत्त्व को समझने लगा हूँ। यह वह समय था, जब पहली बार पिताजी को किसी से बात करते हमने पहली बार सुना कि उन्होंने कहा कि अब तो पुलिस अफसर व नेता दोनों पैसा लेने लगे हैं—कैसे चलेगा यह देश?

नदेसर (वाराणसी)

तीन साल बाद पिताजी का स्थानांतरण वाराणसी के लिए हुआ। डिप्टी एस.पी. को-ऑपरेटिव सेल और हम सब उसी प्रकार ट्रक में बैठकर चल दिए। वाराणसी के लिए, पर वाराणसी में वैसा मकान नहीं था—दो कमरे का प्रथम मंजिल पर स्थित फ्लैट, जिसमें हम 5 भाई बहन और माँ, दादी रहने लगे। वाराणसी में मैं कक्षा 10 में था, 9 तक मैंने देवरिया से पढ़ा। अत: कॉलेज की पुस्तकें बदल जाने के कारण मैं कक्षा में परेशान रहता था, क्योंकि बोर्ड परीक्षा में कक्षा 9 व 10 की पढ़ाई पर प्रश्न पत्र आता था। पिताजी को मैंने बताया, वे जानते थे बोले कि बहादुर बच्चों के लिए यह कुछ भी नहीं। दोनों पुस्तकें पढ़ो, ज्ञान बढ़ेगा। घर में पहली बार गैस कनेक्शन आया, क्योंकि फ्लैट में चूल्हा नहीं जल सकता था, पर फ्रीज नहीं आया, क्योंकि पिताजी इसे भोजन सड़ाने की मशीन कहते थे, पर कारण था मितव्ययता व आर्थिक तंगी। मैं समझने लगा था। मैंने कक्षा 10 में दाखिला ले लिया था।

वाराणसी पोस्टिंग के समय कई ऐसी घटनाएँ हुई, जिसने पिताजी को उद्वेलित किया। सरकारी मकान न मिलना, हमारी पढ़ाई में व्यवधान होना और सबसे बड़ा कष्ट कि हमारा गाँव का कच्चा मकान जो हमारे बाबा ने उस समय बनवाया था, जब हमारा गाँव के अंदर स्थित पुराना मकान

अंग्रेजों ने किसी मुखबिर से जलवा दिया था, वह मकान भी बरसात में एकाएक पूरा गिर गया, उसमें लगी लकड़ी की मोटी मोटी बल्लियाँ गाँववाले उठा ले गए, गाँव पकरी सेवार में अम्मा के पिताजी की जमीन पर बंदर बाँट होने लगी—माँ व उनकी बहन के नाम मिली जमीन पर कब्जे की होड़ को लेकर पिताजी को पत्र आने लगे—बहन का विवाह पैसे के अभाव से तय नहीं हो पा रहा था और सबसे बड़ा आघात कि पिताजी सहकारिता के नाम पर बनाए गए संगठनों द्वारा लाखों रुपए की लूट को पकड़ने की कोशिश को ऊपर के अफसर व नेता कुचक्र रचकर सफल नहीं होने देते थे। फिर भी पिताजी ने विपरीत परिस्थिति में ऐसे कुछ बड़े लोगों को गबन सिद्ध किया व जेल भिजवाया। ऐसी ही एक घटना मुझे आज भी याद है। मैंने कक्षा 10 में था। हम भाई-बहन देर रात तक पढ़ते व जगते थे, पिताजी के आने का प्रतीक्षा करते—पिताजी ऑफिस में काम देर तक करते थे। थके हुए आते थे। कभी-कभी खुश रहते थे। अधिक समय तनाव में रहते थे, पर कहते कुछ नहीं थे। हम दोनों भाई उनके पैर दबाते थे और उनको दिन भर की पढ़ाई स्कूल के बारे में तथा घर पर लिखा लेख दिखाते व सुनाते थे। पिताजी के तनाव कम होने का यही समय होता था, मैंने ऐसा परिवर्तन उनमें देखा था। शायद हम दोनों भाई उन्हें प्रसन्न करने के लिए ही ऐसा करते थे। वाराणसी का फ्लैट बहुत छोटा था। उसमें हम सबको, विशेषकर दादी को बड़ी परेशानी होती थी। नल से आनेवाला पानी भी सुबह शाम आता था, कभी-कभी वो भी नहीं। नीचे से भरकर पानी चढ़ाना पड़ता था। बहादुर नाम का नेपाली फॉलोवर चढ़ाता था। हम उसकी मेहनत देखकर कंजूसी से नहाते थे ताकि पानी कम लगे, स्कूल से आकर पसीना हो जाता था, नहाना जरूरी था। पिताजी हमसे कुछ बातें शेयर करने लगे थे। शायद हमें बड़ा देखकर ऐसी ही एक घटना उन्होंने मुझे बताई, शायद मुझसे कोई अपेक्षा थी, इसलिए।

पिताजी एक दिन कलेक्टर वाराणसी के बँगले पर उनसे मिलने के लिए गए। कलेक्टर ने पिताजी को 2-3 घंटे बाहर बैठा दिया, जबकि नेताओं से व अन्य बड़े लोगों से मिलते रहे या ऑफिस का काम करते रहे। उनके स्टेनो ने यह कहकर जब आग्रह किया कि और इंतजार कर लीजिए, तो पिताजी ने कहा, "मैं सरकारी मकान के लिए आया था। मेरा परिवार बड़ा है, किराया भी ज्यादा है, पर मैं दोबारा नहीं आऊँगा। अंग्रेज कलेक्टर होता तो मैं क्या करता, आप नहीं जानते हैं। ये तो हमारे अपने हैं, इनसे कैसे लड़ूँ?"

स्टेनो सकपका गया और पिताजी घर लौट आए।

पिताजी के साथ घटित हुई घटना ने उन्होंने मुझे कई बार बताया—विभिन्न विभिन्न अवसरों पर मुझे विभिन्न प्रकार की शिक्षा देने के लिए। वे इस घटना से अत्यंत व्यथित थे। कहते थे, नेता अंग्रेज होने लगे, अफसर अंग्रेजीयत के होने लगे, पैसेवालों को अपने साथ बैठाते हैं, गरीबों की बात कहनेवाले कम होते जा रहे हैं, व्यसन बढ़ रहे हैं। इसे रोकना होगा, नहीं तो प्रजातंत्र समाप्त हो जाएगा। हमें ऐसा कलेक्टर चाहिए, जो गरीबों व जरूरतमंदों की सुने। पैसेवाले तो अपना काम निकाल लेते हैं। निरीह व गरीब की सुनवाई होनी चाहिए, नेता और कलेक्टर एस.पी. को व्यसन से दूर रहना चाहिए, चरित्रवान होना चाहिए, क्योंकि वे आनेवाली पीढ़ी का आदर्श हैं। यदि आदर्श ही पथभ्रष्ट हो जाएगा, तो नौजवान क्या सीख लेगा? भारत कैसा बन जाएगा? सद्‌चरित्र का समाज में सम्मान नहीं होगा, तो कौन चरित्रवान बनना चाहेगा?

पिताजी के ये सभी वाक्य हमेशा मेरे साथ रहे।

वाराणसी की एक और घटना मुझे हमेशा याद आती है। नदेसर में स्थित डी.सी.डी.एस. का भवन—प्रथम तल पर हमारा परिवार रहता

था—उसी तल पर औराई शुगर मिल का ऑफिस था। दोनों का बरामदा कॉमन था। चूँकि ऑफिस में शांति रहती थी, कम लोग आते थे, तो अकसर हम लोग बरामदे में ही बैठकर सड़क पर हो रही चहलकदमी देखते थे और रात में यहीं कुरसी-मेज लगाकर हम दोनों भाई पढ़ते थे। बड़े भाई साइंस के थे, अत: देर रात तक पढ़ते तथा गणित के प्रश्न हल करते थे। उनके परिश्रम से मेरा उनसे लगाव हो गया था। सुबह साइकिल पर आगे बैठाकर लगभग 4 किमी. कॉलेज ले जाते थे और लाते थे। यही रास्ता कैंट को जाता था, जहाँ बड़े घर व होटल थे, जहाँ विदेशी पर्यटक रहते थे और इसी मार्ग से दिन-रात पैदल या रिक्शा से शहर घूमने आते थे। नीचे एक दुकान 'कयूरिओ कॉटेज' थी, जिसमें इन पर्यटकों को लुभाने के लिए सामान मिलता था। इन्हीं विदेशी सैलानियों को पटाने के अलग-अलग तरीके हम लोग ऊपर से देखते थे। कभी रिक्शेवाला, जो पैदल चल रहे पर्यटकों से टूटी-फूटी अंग्रेजी बोलकर उन्हें रिक्शे में बनारस की सैर कराने का लालच देता था, तो कभी दुकानदार द्वारा उन्हें अपनी अपनी दुकानों पर लाने के हथकंडे। इन सैलानियों के पहनावे तथा तौर-तरीके ही हमारे दिन भर के मनोरंजन के साधन होते थे। इस सड़क के दूसरी ओर एक मुख्य मार्ग था, जो नदेसर से अर्दली बाजार-कचहरी जाता था, जिसपर कभी कभी बड़े जुलूस जो कचहरी में जाते दिखाई देते थे। दूर से जुलूस के नारों को सुनकर हम घर से निकलकर बरामदे में आकर इन्हें देखते थे और इनके नारों व लोगों को देखकर मनोरंजन किया करते थे। हर जुलूस में कुछ ऐसे चरित्र दिख जाते थे, जो हमारे मनोरंजन का साधन होते थे। कभी बहुत मोटे पेट, कभी उनका हुड़दंगी नाच, कुल मिलाकर हमें मनोरंजन देते थे। चूँकि फिल्म देखने की अनुमति नहीं थी और मनोरंजक मैगजीन आती नहीं थी, अत: यही हमारे मनोरंजन का साधन था।

एक दिन की बात है। दिन में इसी प्रकार के नारों को सुनकर हम

दोनों भाई बरामदे में आ गए थे, पर जुलूस, दूसरी सड़क पर न जाकर हमारे घर के नीचे वाली सड़क पर मुड़ जाता है, हमें और मजा आने लगा कि आज इसे हम पास से देखेंगे। जुलूस कोई बड़ा नहीं था, लगभग 150-200 लोग ही थे, पर उनके नारों में काफी जोर था, इनकलाब जिंदाबाद, जोर जुर्म के टक्कर में संघर्ष हमारा नारा है, के साथ कुछ नवीन नारे भी सुनाई पड़ रहे थे। हम दोनों भाई व हमारे यहाँ का एक सेवक बरामदे में खड़े इसे देख रहे थे कि जुलूस हमारे घर के सामने नीचे खड़ा होकर हमारे घर को देखकर नारे लगाने लगा। जुलूस एकदम पास था। अतः औराई शुगर मिल के स्टाफ भी बरामदे के बगल के गलियारे में खड़े होकर जुलूस को उत्सुकता से देखने लगे।

जुलूसवाले लोगों ने हम सभी को ऊपर खड़ा देखकर हमें या मिल के कर्मचारियों को देखकर नारे लगाए। नारों में 'अरे चोरों देख लो, जनता किसके साथ है,' का नारा सुनकर हम लोग ठिठक गए। शायद यह सोचकर कि वे हमारे खिलाफ या शुगर मिल के खिलाफ या पिताजी के खिलाफ नारे लगा रहे हैं, पर नारों के बीच में एक नारा रह-रहकर आ रहा था—राम प्रताप मिश्रा जिंदाबाद—पहले तो पिताजी का नाम हमें स्पष्ट नहीं सुनाई दिया, पर मिल के चौकीदार ने हमें बताया कि ये साहब का नाम लेकर जिंदाबाद कर रहे हैं—यह कहकर उसे भी कुछ ढाढ़स बँधा और उसने हमारी परेशानी देखकर हमें ढाढ़स बँधाने का प्रयास किया। मैं कक्षा 10 में था और मेरे बड़े भाई 11 में, छोटे ही थे तथा इस प्रकार का व्यवहार हमनें कभी नहीं देखा था। अतः हमारा डरना स्वाभाविक था। चौकीदार की बात सुनकर हमारे मन का डर कुछ कम हुआ, परंतु नारों के शोर और पूर्व स्थापित भय हमारे मन में इतना बड़ा घर कर गया था कि हम डर से उबर नहीं पाए, यह जानकर भी कि ये लोग पिताजी की प्रशंसा व उनके किसी कार्य से प्रसन्न होकर उनकी प्रशंसा करने आए

हैं। लगभग आधे घंटे नारे लगाने के बाद उसमें से कुछ लोगों ने कहा, "मिश्रा जी, बाहर आइए," हम फिर ठिठक गए—पर पिताजी घर पर नहीं थे, ऑफिस से नहीं आए थे। इससे हमें कुछ बल मिला और जैसे किसी अनहोनी से हम बच गए। चौकीदार ने बताया कि साहब अभी नहीं आए हैं, तो भी उन्हें विश्वास नहीं हुआ, पर नीचे के दुकानदारों से पता करके वे फिर उसी रास्ते से नारे लगाते हुए चले गए।

धरना-प्रदर्शन और जुलूस की इस मानसिकता को मैं उस समय बिल्कुल नहीं समझ पाया, पर लगभग 11-12 साल बाद मैं वाराणसी में डिप्टी कलेक्टर के रूप में पोस्टेड हुआ तब समझ पाया।

सायंकाल पिताजी ने आने पर बताया कि उन्होंने बहुत बड़े आदमी, जिसे नेताओं का संरक्षण प्राप्त था, को लाखों सरकारी रुपए गबन करने के आरोप में जेल भिजवाया। इसीलिए देर हुई—हम लोगों को खुशी हुई। पूर्व में भी पिताजी द्वारा ज्ञानपुर, देवरिया में किए गए बहादुरी व ईमानदारी के कार्य को हमने सुना था और इसी प्रकार हमें पिताजी पर गर्व होता रहता था, आज फिर हुआ।

नदेसर वाराणसी फ्लैट में हम कोई तीन साल रहे। दो कमरे के फ्लैट में 5 भाई-बहन, पिताजी, अम्मा, दादी थे, यहाँ पानी की दिक्कत आदि अनेक परेशानियाँ थीं, पिताजी हमारी परेशानी समझते थे, पर कर भी क्या सकते थे? मैं यह समझने लगा था। इसी कारण उनसे किसी प्रकार की अपेक्षा माँग करना, हम भाई-बहनों ने बंद कर दिया था। बड़े मकान का किराया अधिक था। अतः पिताजी ले नहीं सकते थे। उनको मात्र हम बहन-भाइयों की पढ़ाई की चिंता थी। अपने स्वास्थ्य/उपचार को वे भूल गए थे। बड़े लोगों को जेल भिजवाने का प्रतिफल उन्हें भुगतना था, क्योंकि अब तक भ्रष्ट नेता व ऊँचे अफसर व पैसेवाले लोगों का गठजोड़

प्रभावशाली हो चुका था। ईमानदार अधिकारियों की सुनवाई समाप्त हो रही थी। पिताजी के अच्छे कार्यों की उच्च अधिकारियों ने प्रशंसा तो की, परंतु उन्हें महत्त्वपूर्ण पद नहीं दिला सके और वाराणसी के बाद पिताजी कभी सी.आई.डी. फूड सेल जैसे विभागों में रहे। उन्होंने कुछ करना भी चाहा, तो ऊपर के अधिकारियों ने करने नहीं दिया। हम तीनों भाइयों की व दो बहन की पढ़ाई चल रही थी। पिताजी के ऊपर जिम्मेदारियों का बोझ समाप्त नहीं हुआ था और वे अकेले ही व्यवस्था से लड़कर हमे पढ़ा रहे थे—पढ़ाई के लिए प्रोत्साहित कर रहे थे। अपनी कमजोरी, बीमारी को उन्होंने कभी हमसे व्यक्त नहीं किया। किसलिए… ? मैं समझ सकता था।

कानपुर और इलाहाबाद

कानपुर और इलाहाबाद में घटित प्रत्येक घटना मेरे मस्तिष्क में उसी रूप में विद्यामान है। यह समय था, जब मैं अपने कॅरियर को बनाने के लिए इलाहाबाद विश्वविद्यालय में पढ़ता था और छात्रावास में रहता था। यही समय था जब पिताजी की नौकरी पूरी हो गई और उनकी जिम्मेदारियों में हाथ बँटाने लगा और यही समय था, जब पिताजी को मैंने पहली बार असहाय देखा।

पिताजी चाहते थे कि मैं मन से पढ़ाई करूँ और मुझे क्वींस कॉलेज में इंटरमीडिएट के बाद उन्होंने अपनी वाराणसी पोस्टिंग के समय ही इलाहाबाद विश्वविद्यालय में एक छात्रावास में रहकर पढ़ने के लिए भेज दिया था। जब पिताजी रिटायर हुए और हम तीन भाई-बहन पढ़ाई ही कर रहे थे, तो उन्होंने कानपुर की एक सरकारी मिल में मुख्य सुरक्षा अधिकारी की नौकरी कर ली, क्योंकि इलाहाबाद वाला मकान भी अधूरा ही बनकर खड़ा था। मैं इलाहाबाद से पिताजी के पास आता था। वे चाहते थे कि मैं मन से पढ़ाई करूँ। अतः मुझे अपनी परेशानियाँ नहीं बताते थे। भाई-बहन

हम बाहर ही रहकर पढ़ते थे, पिताजी के साथ दादी व अम्मा रहती थीं। एक दिन जब मैं इलाहाबाद जाने के लिए तैयार हुआ तो पिताजी ने मुझे कुछ कागज दिए और कहा कि इलाहाबाद में पी.एच.क्यू. में मेरे कागज गए हैं। पेंशन और कम्यूटेशन अभी तक नहीं हुआ है। तुम कभी जाकर देख लेना कि क्या प्रोग्रेस है। पिताजी ने पहली बार मुझे कोई जिम्मेदारी दी। मैं खुश हुआ और इलाहाबाद जाकर पी.एच.क्यू. में पहुँच गया। वहाँ लिपिकों ने मुझे कई बार दौड़ाया कि ये कागज प्रमाणित नहीं है, यह कागज नहीं है। जब भी मैं एक कागज पूरा रख कर जाता, दूसरी कमी निकल जाती थी। एक लिपिक, दूसरा लिपिक, बड़े बाबू, छोटा अफसर। मैंने पहली बार अनुभव किया कि लाल फीताशाही कितनी निष्ठुर है? पिताजी सब समझ रहे थे, परंतु मुझसे यही कहते थे कि बार-बार मत जाओ, अब कागज दे दिया है, वे बनवा लेंगे।

एक दिन मुझे छात्रावास में फोन आया कि पिताजी बीमार हो गए हैं—मैं झट कानपुर पहुँच गया। घर पर गया बताया गया कि पिताजी मेडिकल कॉलेज में भरती हैं। वहाँ जाकर पिताजी को बिस्तर में पड़ा देखा। वे कोमा में थे—बताया गया कि उन्हें ब्रेन-हेमरेज हो गया है। एक शक्तिशाली पिता को, मेरी शक्ति के स्त्रोत को असहाय कोमा में पड़ा देखकर मैं टूट गया। शायद जीवन में यह मेरे लिए सबसे कष्टकारी समय था। किसी तरह दिन रात उनकी सेवा कर हम सभी परिवारजनों ने उन्हें बचा लिया। एक माह बाद में पिताजी कोमा से बाहर आए और दो माह बाद घर पर आ गए, लेकिन उनका एक पैर कमजोर हो चुका था। चलने में लड़खड़ा जाते थे।

एक दिन मेरे सामने ही वे घर की दहलीज पार करते समय गिर गए—सिर में बड़ा गुलौरा निकल आया। मैंने उन्हें गिरते देखा, जब पीड़ा से उबरे तो मुझे देखकर बोले "परेशान मत हो, ठीक हूँ। थोड़ी सिर में चोट

है। देखो, ठीक तो है।" उस समय भी वे मुझे परेशान नहीं करना चाहते थे, मैं समझ रहा था, क्योंकि मेरी पीड़ा को देखकर उन्हें और अधिक पीड़ा होगी। मैं भी अपने मन की अगाध पीड़ा को उनके समक्ष व्यक्त नहीं होने देना चाहता था। मैंने भी सिर पर हाथ रखकर कहा– "पिताजी, छोटा सा गुलौरा निकल गया है, ठीक हो जाएगा।" शायद वे भी मेरी अंतर्आत्मा को समझ रहे थे, पर बोले कुछ नहीं। अब मेरा इलाहाबाद से कानपुर आना-जाना होता था। जब भी कोई छुट्टी मिलती, मैं कानपुर चला जाता था।

मैं छात्रावास में रहता था तथा इलाहाबाद वाले अधूरे मकान में एक किराएदार को रखा था। उस किराए से कानपुर व मेरी पढ़ाई की आवश्यकता पूरी हो जाती थी। एक दिन पड़ोसी ने आकर बताया कि हमारे घर की चहारदीवारी नगर निगम या विकास प्राधिकरण के दल ने तोड़ दी है और खाली पड़े भाग पर वे कब्जा करने जा रहे है। मैं और मेरे कुछ साथी तुरंत किराए की साइकिल लेकर अल्लापुर पहुँचे। पिताजी की कमाई से बनी चहारदीवारी को गिरा देखकर, मैं आक्रोश में भर आया तथा मैंने लोगों से पूछा। सब नगर निगम के इस कार्य से दुःखी व नाराज थे। वे पिताजी का सम्मान करते थे और जानते थे कि पैसे के अभाव के कारण ही मकान के ईंटों की जुड़ाई बालू-सीमेंट या सुर्खी चूना से नहीं, मिट्टी के गारे से हुई है। पैसा होता तो बगल में जमीन क्यों छोड़ते—छोड़ दिया है तो नगर निगम उसपर कब्जा करेगी? मैं दोस्तों के साथ उस जेई को ढूँढ़ने लगा, जिसने ये किया। यदि मिल जाता तो मैं उसको कितना पीटता, मैं नहीं जानता, पर ऑफिसवालों ने शायद उसे बता दिया। वह गायब हो गया। मैंने पिताजी को कुछ नहीं बताया, वे चिंतित होते और मैंने अपने साथियों के साथ निगरानी कर पुनः दीवार बनवाई। पड़ोसियों ने पिताजी को बता दिया। जब मैं कानपुर गया तो पिताजी ने बैंक से कुछ पैसे निकलवा कर मुझे दिए और कहा कि एक कमरा भी बनवा लो,

ताकि पुनः कोई कब्जा करने की न सोचे। मेरे लिए भी ऐसे नियम-कानून नए थे। मैंने इलाहाबाद आकर छात्रावास के साथियों की निगरानी में एक कमरा बनवाया। कानपुर में दो वर्ष पूरा कर पिताजी इलाहाबाद आ गए। मकान रहने लायक हो गया था।

कानपुर से आने के बाद पिताजी के भारद्वाजपुरम में अपने मकान में आने से पड़ोसी खुश थे, मैं भी और छात्रावास छोड़कर उनके साथ रहने में मुझे अपार प्रसन्नता हो रही थी। वैसे तो पिताजी अपने कपड़े खुद धोते थे, परंतु जब भी मुझे मौका मिलता था, मैं उनके कपड़े धो देता था। वह समय मेरे लिए अविस्मरणीय है। पिताजी के वस्त्र के स्पर्श से मुझे कितनी खुशी होती, मैं आज सोचकर शब्दों में व्यक्त नहीं कर सकता था। अकसर उनकी बनियान फट जाने पर भी वे उसको नहीं छोड़ते थे। कहते थे, गर्मी में इससे हवा मिलती है, आराम मिलता है। शायद वो सही कहते थे—आज मेरी भी यही स्थिति है।

नौकरी में व्यस्तता, गाँव में अम्मा की जमीन की बंदर बाँट, गाँव के मकान का गिर जाना व उसको बनाने के लिए पैसे का अभाव, मेरा आई.ए.एस. की तैयारी हेतु कोचिंग पर न जाना, उनकी बीमारी—कुल मिलाकर पिताजी के पास तनाव के लिए अनेकों कारण बन चुके थे। डॉक्टर की 50/- फीस होती थी, एक बार देखने की तथा ब्लड प्रेशर चेक करने की—उसको भी पिताजी बचाते थे—मेरे पास भी पैसों का अभाव था। चाहकर भी अच्छे डॉक्टरों से रेगुलर चेक-अप नहीं करा पाता था, जब कभी तबीयत ज्यादा खराब हो, तो ले जाता था। शायद मैं अभी इतना परिपक्व नहीं था कि पिताजी की बीमारी कितनी घातक हो सकती है—इसे समझ पाता।

पिताजी चाहते थे कि मैं आई.ए.एस. की तैयारी कर सिविल सेवा

परीक्षा में बैठूँ। अच्छी कोचिंग दिल्ली जाकर लूँ, पर मैं पिताजी को नहीं छोड़ना चाहता था और उनके कहने पर उन्हें समझाता था कि इलाहाबाद में ही रहकर पढ़ लूँगा। कोचिंग से कोई फायदा नहीं होगा, परंतु पिताजी मुझे समझते थे इसीलिए मेरे कॅरियर को लेकर चिंतित भी होते थे, पर व्यक्त नहीं करते थे। पढ़ाई करने के बाद देर रात पिताजी को सोता देखकर दबे पाँव जाकर उनके पास खड़ा होकर उन्हें देर तक देखता था और उसके बाद सोता था। सुबह मैं जब उठता, पिताजी बाहर बरामदे में बैठे चाय पीते मुझे दिखते थे—मेरी प्रातःकाल का यह समय अत्यंत सुखद होता था।

धीरे-धीरे पिताजी और कमजोर हो गए और एक दिन इस स्थिति में आ गए कि प्रातःकाल मुझे बरामदे में चाय पीते नहीं दिखे। मैं कमरे में गया, पिताजी लेटे थे।

मैं जान चुका था कि पिताजी कमजोर हो गए हैं। कभी भी उन्होंने अपनी परेशानी व चिंता नहीं बताई। कानपुर ब्रेन हैम्रेज के बाद उनको ब्लड प्रेशर, यूरिन इंफेक्शन हो गया था, जिसके कारण वे कमजोर होते गए। रात में मैं चुपचाप उनके पास जाकर देखता था कि वे सो गए है कि नहीं। उन्हें सोया देखकर मैं बहुत खुश होता था, क्योंकि चिकित्सकों ने बताया था कि उन्हें सोना जरूरी है, पर सोने की दवा नहीं दी जाती थी, क्योंकि उससे वे गिर सकते हैं।

मुझे आज लगता है कि शायद कभी-कभी पिताजी रात में सोते नहीं थे, पर सोने का बहाना कर लेटे रहते थे, ताकि मैं जाकर सो जाऊँ।

एक दिन मैंने कमरे में पहुँचकर पिताजी को बोला, "उठिए, चाय पीजिए।" पिताजी मुझे मात्र देखते रहे, कुछ नहीं बोले। मेरे पुनः बोलने पर वे हिले, मैंने उन्हें सहारा देकर उठाया। बोले, "पप्पू राजे की बहू

घर में आ रही है। मुझे तुम बगलवाले कमरे में कर दो, वहीं रहूँगा—मैं ठीक हूँ।" पिताजी को उसी कमरे में जिसे मैंने बनवाया था और जिसमें मैं रहकर पढ़ता था, में पिताजी को शिफ्ट किया। कुछ दिन बाद भाभी आनेवाली थीं। घर में सभी बहनें आ रही थी, बुआ भी। अतः उस खुशहाली में पिताजी शायद अपने कष्ट को दिखाना नहीं चाहते थे, पर उस समय मैं समझ नहीं पाया।

मैं पिताजी की बैंक की पासबुक को लेकर बैंक जाता था। उसमें स्वतंत्रता सेनानी पेंशन आती थी। कभी-कभी कई महीने नहीं आती थी। अतः पैसे की हमेशा कमी रहती थी। पिताजी को रिटायरमेंट में मिला पैसा मकान बनाने व बहन के विवाह में समाप्त हो चुका था।

कुछ हजार रुपए उनके पास बचे थे। बीमारी का सस्ता होमियोपैथी इलाज कराते तथा अपने जीवन के अनुभव प्रतिदिन बताते थे तथा मुझे एक सिद्धांतवादी आई.ए.एस. बनने के लिए प्रेरित करते थे। पिताजी ने अपनी नौकरी में देख लिया कि किस प्रकार देश को सुधारने में आई.ए.एस. कारगर हो सकता है। वाराणसी में डी.एम. से मिलने गए अनुभव को भी वह मुझे बताते थे और समझाते थे कि देश का दुर्भाग्य था कि आई.सी.एस. तो समाप्त हो गए, परंतु आई.ए.एस. में अपनी बुराइयाँ डाल गए और देश के विकास में यही बाधा बनेंगी। अतः वे अपने पुत्र के पी.सी.एस. में चयनित होने से खुश नहीं थे। चाहते थे कि मैं आई.ए.एस. बनूँ, क्योंकि उनका मानना था कि देश को यदि कोई बचा सकता है, तो वह आई.ए.एस. ही है और देश को यदि बरबाद कर सकता है, तो वह आई.ए.एस ही होगा। मैंने संस्कृति व दर्शन में पोस्ट ग्रेज्युशन किया। पुलिस उपाधीक्षक के पद पर मेरा चयन हो गया था, परंतु पिता की इच्छा के अनुसार आई.ए.एस. की तैयारी करने व पिता के साथ रहने के लिए मैं इलाहाबाद ही रहता था। धीरे-धीरे पिताजी की तबीयत खराब होती गई।

एक अन्य रिश्तेदार चिकित्सक आकर दवा दे देते थे, परंतु पिताजी धीरे-धीरे और कमजोर होते गए।

घर में भाभी के (गौने) आगमन की तैयारी हो रही थी। पिताजी मेरे कमरे में ही रहते थे। बगल में मैंने एक और तख्त लगा दिया था, अपने लिए। पिताजी कभी-कभी मुझसे कुछ दवा माँगकर दवा खाते थे, जिसमें ब्लड प्रेशर के अलावा दर्द निवारक दवाएँ भी थीं, परंतु मैं उस समय इनका नुकसान नहीं समझ सका, न मुझे किसी चिकित्सक ने बताया। पिताजी को ब्लड प्रेशर से सिरदर्द बढ़ता था तो वो दर्द निवारक दवा खा लेते थे। किसी को कुछ नहीं बताते थे, जिससे उनकी स्थिति और खराब होती गई। जिस दिन भाभी घर में आईं, उस दिन पिताजी बिस्तर से उठ नहीं पा रहे थे। पिताजी गौने में भी नहीं गए, मैं भी नहीं गया था। भाभी के आने पर सभी उनको देख रहे थे, खुश थे। पिताजी बिस्तर पर लेटे थे, दवा खाकर अपना दर्द छुपा रहे थे। उस खुशहाल माहौल को खराब नहीं करना चाहते थे। मैं उस समय यह भी नहीं समझ सका। जब वे दो दिन खुद नहीं उठ पाए, तब मैं उनकी स्थिति समझा और सुबह लोगों के कहने पर कि डॉ. ए.के. मुखर्जी जो सबसे बड़े चिकित्सक थे, उनके पास गया। उन्हें एक किराए की कार से लेकर आया और उन्होंने बताया कि बहुत देर हो गई है—पिताजी की दोनों किडनी खराब हो चुकी हैं। यह दिन मुझे आज भी याद है। 1982, स्वतंत्रता दिवस था। उनके साथ-मित्र श्री फतेहबहादुर उनके पास बैठे थे और पिताजी आँख बंद किए अपने अतीत में खो गए थे।

फतेहबहादुर, "प्रताप, तुम ठीक तो हो?"

प्रताप, "हाँ, क्या हुआ मुझको?"

फतेहबहादुर, "दो घंटे से तुम कुछ बोले नहीं, आँख बंद किए सो रहे थे।"

प्रताप, "हाँ, अपने बीते दिनों को याद कर रहा था।"

इसी बीच एंबुलेंस की आवाज सुनाई दी, चिकित्सक और वार्ड ब्वॉय प्रताप को स्ट्रेचर पर डालकर एंबुलेंस से ले जाते हैं। फतेहबहादुर, प्रताप की पत्नी, बेटा एंबुलेंस में पीछे बैठ जाते हैं।

मैंने बहुत प्रयास किया कि मैं पिताजी को घर से स्ट्रेचर और फिर एंबुलेंस में ले जाने और फिर उनके अस्पताल में इलाज कराने की घटनाओं व उनके अंत को लिख सकूँ—पर मैं लिख नहीं पाया—वो लगभग 10 दिन मेरे लिए कितने भारी थे मैं नहीं बता सकता। मैं टूट चुका था, यूइंग क्रिश्चियन कॉलेज में अध्यापन का कार्य मिल गया था। अत: साइकिल से जाना प्रारंभ कर दिया, पर पिताजी के बिना इलाहाबाद वीरान हो गया था—मैं इलाहाबाद से डरने लगा था।

मेरा घर में मन नहीं लगता था, पिताजी को याद कर रोता रहता था। कॉलेज से पढ़ाकर जब घर लौटता था, तो पिताजी के बिना घर सूना लगता था। जब वो थे, तब मैं कॉलेज से शिक्षण कार्य पूरा कर तेजी से लौटता था, पर उनके जाने के बाद घर लौटने का वह उत्साह नहीं रह गया। घर आकर अम्मा के पास बैठ जाता, पिताजी को वो भी याद करतीं और रोती थीं। अम्मा स्वस्थ थीं, अत: मुझे उनकी चिंता नहीं थी। एक दिन पुलिस उपाधीक्षक, मुरादाबाद से प्रशिक्षण का पत्र घर पर आया। पिताजी नहीं चाहते थे कि मैं पुलिस में जाऊँ, क्योंकि उनका पुलिस में नौकरी का अनुभव अच्छा नहीं था। पिताजी की एक बात मुझे याद आती है। उन्होंने बताया कि आजादी की लड़ाई में चाहे बाहर हो या जेल में, खाकी वर्दी से ही वे लड़े। शायद इसीलिए वे अपनी पुलिस की नौकरी में खाकी वर्दी बहुत मजबूरी में पहनते थे। हाँ, पिताजी नहीं चाहते थे कि मैं पुलिस में जाऊँ। मैं जानता था, पर पिताजी के बाद उनके बिना घर मुझे काटने

दौड़ता था। उनका कमरा, बिस्तर, चारपाई, तख्त, कुरसी, ग्लास, कप सबकुछ उनकी याद दिलाता था। मेरा पढ़ाई में मन नहीं लगता था। बस, पिताजी ही पुस्तकों में दिखते थे और एक दिन माँ का आशीर्वाद लेकर मैंने इलाहाबाद छोड़ दिया, पुलिस की नौकरी ज्वॉइन करने।

पुलिस ट्रेनिंग कॉलेज, मुरादाबाद, 1982

प्रताप का पुत्र प्रदीप वर्दी पहन मैदान में राइफल हाथ में लेकर अन्य पुलिस ऑफिसर्स के साथ ड्रिल कर रहा है। उसी मैदान में जहाँ 1948 में प्रताप ने प्रशिक्षण लिया, 14 दिवस सिर पर तख्त और अपना बिस्तर रखकर दलेल (सजा) के रूप में प्रतिदिन प्रातःकाल व सायंकाल चार-चार चक्कर लगाए थे।

की व्यक्त व्यथा मन ने अपने
सदियों से रक्षित भावों की
अब बह निकली है रक्तधारा
मन में चुभते उन घावों की

नहीं निराशा, ये रणभेरी है
दुश्मन से अपने लड़ने की
प्रहरी सोया, पर प्रहर यही है
सोते वीरों के जगने की

□□□